LES COPROPRIÉTAIRES

Du même auteur,
dans la même collection

L'Apprentissage, 2004
Chez l'oto-rhino, 2004
Le Collège du crime, 2004
Les Japonais, 2004
Vacances merveilleuses, 2005
L'Auteur de polars, 2005
Cruelle télé, 2005
Accouchement charcutier, 2005
La Gym de tous les dangers, 2006
Au beau milieu du sexe, 2006
La Légion d'honneur, 2006
Chair aux enchères, 2006
Adieu les pauvres, 2007

Raphaël Majan

UNE CONTRE-ENQUÊTE DU COMMISSAIRE LIBERTY

LES COPROPRIÉTAIRES

P.O.L

33, rue Saint-André-des-Arts, Paris 6e

« Si, après chaque meurtre, on arrêtait immédiatement le premier ou le deuxième venu, il n'y aurait plus de crime impuni, et la police gagnerait un temps fou qu'elle pourrait consacrer à des opérations de sécurité pour rassurer la population », écrit dans un de ses carnets le commissaire Wallance, avant d'assassiner lui-même pour mieux prouver l'efficacité de sa méthode.

ISBN : 978-2-84682-198-8
www.pol-editeur.fr

« Il n'y a pas que les meurtres d'enfants dans la vie »

Mardi 13 mars 2007, le commissaire est en train de gifler Théodore Rouxi assis menotté sur une chaise, si on ne prend pas de précautions ces gens-là se défendent, quand le suspect se rebiffe timidement.

– Pas avec la montre, s'il vous plaît, dit-il.

C'est vrai que Wallance a été maladroit et l'a frappé trop bas, viser ce n'est trop son truc, même avec un revolver il ne sait tuer qu'à bout portant[1].

---

1. Voir *La Gym de tous les dangers*.

Ça lui remet immédiatement en mémoire la mésaventure survenue il y a une dizaine d'années à son collègue Deculardelle qui, pour faire pareillement avancer une enquête difficile, avait cassé sa gourmette. Le suspect y avait perdu cinq dixièmes à l'œil droit mais la justice y avait gagné un aveu. Il y pense d'autant plus qu'on a trouvé une gourmette marquée juste « T » à côté du cadavre. C'est vague mais c'est pour ça qu'on a choisi Théodore Rouxi, il n'a pas été embarqué entièrement au hasard parmi le flot des SDF. Wallance n'est certes pas partisan des manières antiréglementaires un peu brusques, il n'empêche que ça arrive à tout le monde de se laisser entraîner à une gifle, occasions et larrons formant comme on sait des couples fugitivement inséparables.

– Mon Dieu, déjà six heures moins le quart, dit le commissaire regardant par réflexe l'objet du prétendu délit. Eh bien, c'est une chance que je t'ai flanqué un coup de montre, connard, ajoute-t-il pour Théodore Rouxi. Il faut que je file, une obligation personnelle, vous n'avez qu'à vous débrouiller tout seuls, conclut-il pour ses subordonnés.

– Vous nous abandonnez en plein interrogatoire, commissaire Liberty ? dit Fagis. Ça ne vous intéresse plus, le meurtre affreux de la pauvre petite Rosa ?

– Si, si, bien sûr, un assassinat révulsant. Mais j’ai à faire.

– Si le commissaire s’en va, c’est qu’il doit s’en aller, dit le fidèle Lavraut.

– Il n’y a pas que les meurtres d’enfants dans la vie, précise Wallance. Malheureusement, ajoute-t-il d’une manière bien humaine et cependant peu habile.

– Et puis il n’y a pas que le commissaire Liberty qui peut gifler un suspect, dit Nathalie Malicorne. Ce n’est pas parce que je suis une femme que je n’ai pas de force dans les doigts.

Et la Guadeloupéenne le prouve en une seconde.

– Aïe, dit Théodore Rouxi.

– Toi, tu ne sais pas résister aux femmes, salaud, dit Fagis en lui en flanquant une autre.

Tout le monde rit. Wallance n'aime pas son subalterne qui aspire à ne pas le rester, l'arriviste, mais il est le premier à admettre qu'un peu d'humour pendant les interrogatoires virils rend le métier plus agréable.

– Il a avoué ? dit Gou, entrant dans le bureau à cet instant.

– Je n'ai pas le temps, monsieur le divisionnaire, dit le commissaire qui a déjà enfilé son pardessus.

– Une affaire vous réclame ailleurs, monsieur le commissaire ? dit Gou.

– Une obligation, dit Wallance.

– Personnelle, précise par malveillance Fagis.

– Un jeune homme qui ne peut pas attendre, commissaire Liberty ? dit Nathalie Malicorne qui a pris l'habitude de se défendre par avance des grossières tentatives de séduction de son supérieur en le renvoyant du côté de l'homosexualité, comme divers malentendus le lui permettent[1].

– Il ne faudrait pas que vos mœurs, qui ne sont pas en tant que telles de ma juridiction, vous

---

1. Voir les épisodes précédents et en particulier *Adieu les pauvres*.

contraignent à prendre avec le travail qui vous nourrit des libertés qui ne sont pas dans vos habitudes, monsieur le commissaire, dit Gou avec ce mélange d'agressivité et de prudence qui caractérise tout supérieur hiérarchique trop au fait des compétences respectives de lui-même et d'un subordonné.

– Pas de libertés pour le commissaire Liberty, ricane Fagis.

Lui aussi, décidément, est d'humeur agressive. Il ne manquait plus que ça alors que les carriéristes, généralement, jugent de bonne stratégie de se faire bien voir de la hiérarchie.

Wallance est exaspéré. Il ne sait pas quoi dire, seule la vérité lui vient à l'esprit.

– J'ai une assemblée de copropriétaires à dix-huit heures, 211, avenue de Breteuil.

– Ouh là là, dit Gou, mais il est déjà moins dix. Dépêchez-vous. Personnellement, je n'y vais jamais, Mme Gou a la gentillesse de m'y représenter. C'est trop de temps perdu pour un homme comme moi, avec tous mes dossiers, ajoute le divisionnaire qui ne fiche rien.

– Vous ne m'aviez jamais dit que vous viviez dans le VIIe, commissaire Liberty, dit Nathalie Malicorne, soudain admirative, prouvant à tous qu'elle n'a jamais mis les pieds chez lui.

– Mais non, c'est Descheuminaux, ce syndic, qui est à l'autre bout de Paris. Moi, je suis toujours rue Jeanne-d'Arc.

– En plein XIIIe, naturellement, dit d'un air mauvais Fagis qui habite en banlieue, on se demande pourquoi il fait la compétition sur ce terrain.

– Moi, je demeure avenue de Suffren, dit Gou qui flaire que ça peut être un bon élément pour réattirer Nathalie Malicorne dans son lit même si ce n'est pas commode de faire ça quand Mme Gou est sur place, peut-être pendant une réunion de copropriété, ça laisse du temps quand on n'y est pas.

– Il n'y a pas que des avantages à être copropriétaire, dit Théodore Rouxi.

Le SDF n'a déjà les joues que trop rouges, il pense qu'une bonne petite phrase solidaire, de trahison sociale, ne peut pas faire de mal.

– Connard, dit Wallance en le reclaquant, croyant que l'autre se moque de lui.

Mais le commissaire est si engoncé dans son pardessus, qui n'est pas l'uniforme idéal pour gifler, qu'il loupe de nouveau son coup et refrappe avec la montre, mais à pleine force cette fois-ci. Le cadran tombe par terre et la trotteuse s'arrête, ainsi, comme il pourra le constater dans les minutes et heures suivantes, que les aiguilles des minutes et des heures.

– Aïe, redit le suspect.

– Connard, redit Wallance hors de lui.

Il veut cette fois, puisque les gifles semblent temporairement proscrites, lui donner un coup de pied dans l'entrejambe dont l'autre se souviendra. Mais comme Théodore Rouxi est assis sur la chaise où Fagis le maintient sans avoir pourtant rien prémédité contre le commissaire, le pied de Wallance heurte le siège à pleine vitesse et c'est donc sans montre ni pied en état de marche qu'il quitte le commissariat pour le 211, avenue de Breteuil.

– Soyez prudent, Liberty, dit Gou en lui tapant affectueusement mais trop fort sur l'épaule qui le fait immédiatement souffrir, les rhumatismes, il va sur ses cinquante-cinq ans.

Une assemblée générale ordinaire ?

Wallance arrive chez Descheuminaux à six heures trente-cinq, comme il l'apprend en regardant l'heure sur son portable. Il est accueilli avec enthousiasme, ses maigres vingt-quatre millièmes étant les bienvenus pour parvenir au quorum qui évite qu'on doive convoquer une nouvelle assemblée générale avec les frais afférents qui tomberaient dans la poche du syndic qui ne les a déjà que trop pleines. Il y a une douzaine de personnes et la, ou plutôt les car tout le monde parle en même temps, discussions sont on ne peut plus animées. En faisant quelques pas dans le couloir pour atteindre la salle de réunion, puis les premières secondes où il y pénètre avant de devenir lui-même sujet de conversation, le commissaire a le temps et l'oreille de comprendre que l'affaire des volets de Mme Vicorette, la concierge, ainsi que le scandale des paillassons humides et des flaques d'origine inconnue mais qu'on soupçonne urinaire sur les paliers ne sont pas passés sous silence.

– Mais éteignez votre portable, sinon on ne va pas s'entendre, dit un homme antipathique, la soixantaine, M. Cartopic, du sixième.

– C'est vrai, ça, dit Mme Gudulo, du premier. Ce n'est pas parce que vous êtes inspecteur que vous allez faire la police ici, ajoute-t-elle en une blague rebattue que le commissaire n'entend pas pour la première fois, celle-là même ou une de ses sœurs jumelles[1].

– Commissaire, dit Wallance.

Il regrette une fois de plus que la roche Tarpéienne et le Capitole soient si voisins, il était un

1. Voir *Cruelle télé*.

sauveur il y a une minute et déjà il serait un gêneur.

– Et c'est ce qu'on verra, si je ne suis pas habilité à faire la police, ajoute-t-il avec ce manque d'habileté qui est tout à son honneur, cette honnêteté qui lui fait exprimer la réalité de sa pensée.

Sa mission professionnelle étant d'assurer la sécurité, il vient de se rendre compte qu'il pourra toujours assassiner quiconque attentera à celle de ses nerfs et que ce n'est donc pas la peine de se mettre martel en tête prématurément. On sait toutefois aussi que la psychologie a ses mystères, et qu'il ne suffit pas de se reposer sur la certitude de pouvoir faire taire définitivement un sujet de son exaspération pour éviter à celle-ci de vivre sa vie agitée.

– C'est tout vu, inspecteur, dit Descheuminaux. Ici, c'est moi qui commande. Et naturellement l'assemblée générale souveraine par ses votes, ajoute le syndic tel un politicien pour ne mécontenter personne à part Wallance.

– Commissaire, corrige à nouveau celui-ci. Nous avons appréhendé un suspect dans le meurtre affreux de la malheureuse petite Rosa et j'attends des nouvelles. J'espère que vous ne vous ferez pas les complices de cet homme abominable en m'empêchant de rester en contact avec mes subordonnés en ces heures importantes. Il n'y a pas que les assemblées générales dans la vie.

– La petite Rosa ? Une aguicheuse, si ça se trouve, qui n'a eu que ce qu'elle méritait. Ce n'est pas parce qu'on a six ans qu'on n'est pas coquette. Au contraire, au contraire, dit M. Cartopic qui ne veut pas en démordre que le commissaire devrait éteindre son portable comme tout le monde.

Wallance ne souhaite surtout pas être perdu dans ce milieu hostile sans savoir l'heure qu'il est, c'est pourquoi il tient tant à son portable maintenant que sa montre est fichue. En plus, s'il extermine qui que ce soit, c'est important d'avoir les horaires.

– Mais la petite Rosa n'a pas été violée, juste sauvagement assassinée, dit le commissaire. C'est Roberta qui a subi cette accumulation d'outrages en groupe mais elle avait douze ans, ça n'a aucun rapport.

– Vous êtes sûr ? dit Mme Gudulo. Je suis certaine d'avoir vu des photos de la petite Rosa qui n'était pas plus belle que si elle avait été affreusement abusée, et le journal publiait le dossier d'autopsie où c'était très net, ni son vagin ni, excusez-moi de la précision, son anus n'étaient dans l'état où ils auraient dû être, chez une enfant de quatre ans.

– Six, dit Wallance.

– Est-ce Rosa ou Roberta dont l'assassin a brûlé le cadavre après le viol ? dit une femme que le commissaire identifie comme Mme Nimerde, du rez-de-chaussée. Tu te rappelles ces photos ? On était tombé dessus un samedi soir après le film de Canal, ce n'était pas joli, ajoute-t-elle en se tournant vers celui qui doit être son mari.

– Mais non, dit le présumé M. Nimerde. C'était Andréa, qui était un garçon, d'ailleurs, je crois bien.

– C'était carbonisé, dit Mme Nimerde. Bien malin qui aurait pu le dire. Il aurait fallu être perverse pour aller examiner le sexe dans ces conditions.

– Ça ne règle pas la question de l'ascenseur, monsieur Descheuminaux. Je vous prie de ne pas noyer le sujet, dit M. Cartopic.

Il est tout prêt à abandonner Wallance s'il trouve quelqu'un d'autre sur qui passer sa mauvaise humeur.

– Oui, c'est une honte, l'ascenseur, dit M. Blast, du cinquième. Étonnant qu'on n'y ait pas encore découvert une petite Rosa ou Roberta ou Andrea violée et tuée à l'intérieur.

– Violé-é et tué-é pour le petit Andrea, reprécise M. Nimerde. C'était un garçon.

– Mais il était carbonisé, Robert, ça revient au même, dit Mme Nimerde. Tu ennuies les gens avec ton pointillisme.

– Juliette, tu me laisses parler et tu ne me fais pas le leçon en public, je te prie. J'ai horreur de ça, dit Robert.

– Quel est le problème avec l'ascenseur ? dit Mme Nimerde pour changer de sujet.

– Mais oui, il y a des choses plus importantes dans un immeuble qu'un ascenseur, dit M. Nimerde.

Comme ils habitent au rez-de-chaussée, ils ont à l'appareil et ses pannes un rapport très différent de celui de M. Cartopic, du sixième.

– Il y a que cet ascenseur s'arrête entre les étages, du moins quand il démarre, puisque les portes coulissantes ne semblent pas avoir d'autre ambition dans la vie que s'ouvrir et se fermer indéfiniment quand on souhaite juste que la cabine démarre, dit M. Cartopic. Alors, si un syndic ne peut rien faire dans une histoire pareille, il deviendra peut-être plus efficace si on met la police au courant.

– Je vais voir ce que je peux faire, dit Wallance dans l'espoir de calmer les choses.

– Mais c'est ma responsabilité, dit Descheuminaux.

– Bien sûr que c'est votre responsabilité, dit M. Blast. Je suis sûr que le juge l'estimera pareillement si nous nous retournons devant les tribunaux.

– Pas du tout, dit le syndic. J'ai les délibérations de toutes les assemblées générales précédentes. On y verra facilement que vous avez voté pour l'appareil le meilleur marché au risque que ce ne soit pas celui qui fonctionne le mieux, malgré mes recommandations.

– Forcément que vous êtes pour le plus cher, dit M. Cartopic. C'est meilleur pour votre pourcentage.

– Sans compter les dessous-de-table, dit M. Nimerde qui se fiche de l'ascenseur mais pas de pouvoir placer une petite phrase désagréable contre un syndic qui se nourrit de son immeuble au point d'organiser des assemblées générales en plein VIIe, dans des bureaux énormes même si la réunion a naturellement lieu dans la plus petite salle, pour les humilier.

– Et vous ne dites rien, inspecteur ? dit Mme Nimerde en bonne épouse.

– Commissaire, dit Wallance.

– Le flic, vous êtes trop lâche pour dire autre chose que « commissaire, commissaire » ? (elle le prononce d'une voix de bébé) dit Mme Gudulo que l'idée de devoir participer aux réparations de l'ascenseur, même si c'est pour un faible pourcentage, rend hors d'elle alors qu'elle n'habite qu'au premier et met son point d'honneur à monter par l'escalier.

– Mais oui, le flic, pourquoi vous n'arrêtez pas M. Descheuminaux plutôt que de vous concentrer sur l'assassin d'on ne sait quelle salope qui si ça se trouve était très heureuse d'être violée et qui de toute façon est morte, il ne lui arrivera plus rien ? dit M. Cartopic. Tandis que l'ascenseur, il est toujours vivant, et nous aussi qui montons dedans, c'est maintenant qu'il faut s'en occuper, pas quand on sera morts.

– J'ai un autre appartement dans un immeuble rue de Bièvre et je peux vous assurer que le syndic est très efficace quand il y a des problèmes avec l'ascenseur. Et pour des honoraires très honorables, dit M. Requin, le propriétaire du troisième.

Wallance le déteste parce qu'il loue à n'importe qui et a déjà dû subir lui-même, dans son appartement du deuxième, les fuites plus ou moins causées par un locataire irresponsable qui a heureusement déménagé depuis et qui ont coûté la vie à un apprenti plombier[1].

Le syndic, lui, est blasé devant ces allusions injurieuses qui sont le quotidien de sa vie de syndic et répond sobrement.

– Vous savez, ce n'est pas avec un immeuble 59 *ter*, rue Jeanne-d'Arc que je gagne de l'argent

1. Voir *L'Apprentissage*.

alors que j'ai des copropriétés à foison dans les beaux quartiers, beaucoup plus rentables. Si vous souhaitez changer de cabinet, je ne veux pas interférer avec votre décision, dit Descheuminaux.

Mais changer de syndic, c'est des embêtements et des frais, c'est une simple menace, une arme de dissuasion, personne n'est prêt à prendre ça en charge, ce qui permet à Descheuminaux, par un processus psychologique banal, de retourner tout le mépris qu'on lui déverse sur ceux qui n'ont pas le courage de l'assumer concrètement.

– On ne vous accuse pas mais vous devez vous en mettre plein les poches, dit M. Nimerde au syndic.

– Et vous ? dit M. Cartopic à Wallance, changeant une fois de plus son agressivité d'épaule. Toujours payé à ne rien faire ?

– Quoi ? dit le commissaire.

– Vous n'allez pas attendre qu'une pute de quatre ou six ans soit tuée dans l'ascenseur pour vous intéresser à l'affaire, quand même, sale flic ? dit M. Cartopic.

– Modérez votre vocabulaire, connard, dit le commissaire.

– Croyez-moi, rien n'est plus important qu'une bonne entente entre copropriétaires, dit Descheuminaux.

– Alors, je suis un connard ? dit M. Cartopic en se levant, menaçant, sans esquisser d'autre geste, cependant.

– L'inspecteur ne le pensait pas, dit le syndic.

– Le commissaire. Je le pensais, dit Wallance.

Toute sa rage glisse de M. Cartopic à Descheuminaux, sans doute par commodité. Car un assassinat est un acte fort, agressif, et on préfère en faire bénéficier une personne qu'on ne voit qu'une fois par an qu'un voisin qu'on risque de croiser tous les jours. C'est pourquoi le commissaire a l'idée de tuer le syndic avant de se débarrasser de M. Cartopic. Lui-même mettra pourtant ce raisonnement en cause dans un de ses carnets parvenus entre mes mains, écrivant : « D'un point de vue psychologique, il est indéniable que, entre deux êtres, mieux vaut assassiner le plus inconnu. Mais d'un point de vue d'efficacité, qui est quand même le mobile premier d'un meurtre, plus que la politesse ou les recherches mentales, l'intérêt est plus grand d'éliminer celui qu'on voit le plus souvent. » Mais rien n'oblige les assassins à se contenter d'un seul assassinat. Quand on est lancé sur la pente du confort, plus rien ne peut vous arrêter.

Bientôt se fait attendre

Son téléphone vibre à ce moment-là, il décroche. Tout le monde se tait pour l'écouter.

– Oui, dit-il.

– Ah ? dit-il.

– Ça ne prouve rien, dit-il.

– Insistez, dit-il.

– Si vraiment c'est impossible ici, on cherchera ailleurs, dit-il.

– C'est ça, conclut-il sèchement.

Il essaie d'en dire le moins possible, se rendant compte que le soudain silence l'environnant ne favorise pas la discrétion. C'était Lavraut qui racontait que Fagis, Nathalie Malicorne et lui-même ont « fait ce qu'il fallait » avec Théodore Rouxi sans que le SDF consente à avouer quoi que ce soit, si ce n'est, à la longue et en ricanant comme s'il n'avait gardé l'information secrète que pour les embêter mais dans le sens inverse qu'imaginaient les policiers, qu'il avait à l'heure du meurtre abject de la petite Rosa rendez-vous chez le docteur Schlurp chez qui on a vérifié et c'est exact. Le commissaire est furieux même s'il ne peut pas le montrer à cause de ses voisins, et il a clairement fait comprendre à son fidèle subordonné que lui n'était pas le genre de policier et, plus largement, d'homme à se laisser impressionner par un alibi.

– Vous l'avez encore laissé filer, l'assassin de la pauvre petite Rosa ? dit M. Cartopic quand Wallance raccroche. La malheureuse. Elle n'a pas eu une belle vie et pas non plus une belle mort, son enquête confiée à des incapables.

– Je ne vous permets pas, dit le commissaire.

– Au moins, la petite Rosa est morte, elle ne viendra plus salir nos paillassons, dit Mme Gudulo pour revenir aux choses sérieuses. Tandis que la chienne de Mlle Kristofine, votre locataire, monsieur Requin, eh bien, elle n'a pas cette pudeur, une vraie chienne, la petite Azra. C'est elle aussi qui pisse dans l'ascenseur, y laissant cette odeur épouvantable, paraît-il. Personnellement, je préfère monter à pied. C'est pourquoi je préférerais aussi ne pas payer un sou pour les réparations, nullement par avarice, vous pensez bien, mais par justice.

– Alors ça, dit M. Cartopic. N'est-ce pas le petit Armand, votre immonde mouflet, que j'ai vu se rebraguetter alors que le sol était humide quand l'ascenseur est arrivé au sixième ? Et qu'avait-il à faire au sixième sinon pisser dans l'ascenseur commun comme un mal élevé et pire ? Et ça ne sert à rien que vous ne l'utilisiez pas si votre fils n'a pas cette pudeur, c'est le moins qu'on puisse dire.

Que M. Cartopic et Mme Gudulo, les deux copropriétaires les plus agressifs, deviennent des ennemis objectifs rassure le reste de l'assemblée, y compris Wallance qui se réjouit trop vite.

– Moi, je croyais qu'il s'agissait juste de « clients » mécontents du commissaire qui venaient épancher leur urine dans son immeuble pour bien lui faire comprendre ce qu'ils pensent de lui, dit M. Nimerde.

Tout le monde rit, sauf Wallance.

– Alors ce serait logique de faire payer les nettoyages et les réparations à notre ami policier, dit Descheuminaux pour se mettre l'assemblée dans la poche en convoquant un bouc émissaire.

Tout le monde sauf Wallance rit de nouveau.

– Votons, dit Mme Nimerde qui croit que c'est du sérieux. Qui est d'accord pour faire supporter toutes les charges au sale flic du deuxième qui nous amène de la racaille dans l'immeuble ?

– De la racaille et de l'urine, dit M. Nimerde.

– Si on les laisse faire, bientôt ce sera pire que de l'urine, dit Mme Nimerde.

– S'ils veulent bien faire comprendre à l'inspecteur ce qu'ils pensent de lui, c'est sûr qu'il y a plus efficace encore que de la pisse, dit M. Cartopic.

– Mais, commence Wallance.

– Vous n'aurez qu'à laver vous-même si vous n'êtes pas prêt à payer les frais de nettoyage, avare, dit Mme Gudulo.

– Prévenez-moi le jour de la grande lessive, c'est toujours intéressant de voir un flic travailler, dit M. Cartopic, réconcilié avec l'autre harpie sur le dos du commissaire. Un sale flic qui joue à M. Propre, ce serait paradoxal.

Tout le monde rit à chaque saillie, pour Wallance c'est infernal.

– Tenez votre assemblée, enfin, dit le commissaire à Descheuminaux. Vous nous facturez chaque minute dans ce bureau à prix d'or, qu'au moins il en sorte quelque chose.

– C'est vrai que c'est honteux, ce qu'on paie pour être chez vous, dit Mme Germinal, du quatrième, restée calme jusqu'ici. C'est bien le moins qu'on puisse vous dire ce qu'on pense de vous en échange. Escroc.

– Comment ça ? dit le syndic d'un ton neutre, comme une leçon apprise. Je vous prie de réfléchir à deux fois avant de répéter.

– Escroc, répète Mme Germinal.

– Deux cents euros l'heure chez un syndic, dit M. Requin. Chacun peut se faire une opinion si c'est de la générosité ou de l'escroquerie.

– Je dirige un laboratoire avec les scientifiques les plus éminents, dit M. Blast. Je suis donc bien placé pour vous dire qu'aucun des ces hommes et femmes dévoués avec talent à la recherche pour l'amélioration de notre vie sur cette planète, eh bien aucun ne touche deux cents euros de l'heure. Et croyez-moi que j'aimerais bien qu'ils aient ces salaires, croyez-moi qu'ils le mériteraient.

– Mais il y a les frais, l'occupation des bureaux, ma secrétaire qui doit rester après les heures de travail, dit Descheuminaux, toujours sans aucune passion, répétant ce qu'il dit à chaque assemblée générale, que les copropriétaires viennent du 53 *ter*, rue Jeanne-d'Arc, du 14, rue de la Pompe ou du diable vauvert.

– Je soupçonne le commissaire Wallance de faire pipi partout, assuré que personne n'osera l'accuser puisqu'il est policier, dit Mme Gudulo. Mais je ne suis pas dupe, moi.

Que voici un genre de soupçon qui ne plaît pas au commissaire, même s'il est entièrement innocent dans ce cas précis.

– Ce n'est pas digne de votre fonction, commissaire, dit M. Blast. Dans mon laboratoire, chacun va aux toilettes quand il a envie d'uriner.

– Mais moi aussi, naturellement, dit Wallance qui y a d'ailleurs conçu certaines de ses plus belles affaires[1].

– Ce n'est pas ce qui se dit, dit M. Nimerde.

– Pas du tout, confirme Mme Nimerde.

– Ne jetons pas la pierre à M. Wallance sans l'écouter, dit Descheuminaux, se flattant de ne pas appeler le commissaire par son grade, dans son bureau il n'y a pas d'autre titre que de propriété, et à vingt-quatre millièmes le policier n'a pas à faire le fier.

Cette apparence d'objectivité chez le syndic est sans doute ce qui agace le plus Wallance. Quoique tout l'agace. Il a déjà pris sa décision d'en finir avec Descheuminaux mais ça ne lui donne pas un meilleur sens de la repartie. Comme il ne peut pas assassiner le syndic en pleine assemblée générale, il est bien avancé avec sa certitude d'en être bientôt débarrassé, bientôt se fait attendre, pour l'instant il doit

1. Voir *Chez l'oto-rhino.*

quand même continuer à être humilié publiquement. On ne voit souvent chez l'assassin que l'aspect dominateur, triomphant, c'est aussi un rôle ingrat.

Il laisserait bien ses empreintes sur les joues du syndic comme sur celles de Théodore Rouxi, ne se retenant que parce qu'il juge plus habile de ne pas avoir de mauvais rapports avec les gens qu'il assassine. « Si tous les meurtriers se tenaient à cette règle, combien peu de crimes seraient résolus par les voies traditionnelles », notera-t-il d'ailleurs dans un carnet.

– Qu'est-ce qu'on fait avec l'ascenseur ? dit-il comme si de rien n'était.

– On monte ou on descend, dit Mme Gudulo. Mais on n'y fait pas pipi. Qu'est-ce que votre mère vous a appris ?

À peine aura-t-il réglé son affaire au syndic qu'il la liquidera, la Gudulo. Car l'évocation de sa mère en cet instant achève de perturber le commissaire, les apparitions de la vieille institutrice retraitée n'étant jamais de bon augure pour son fils.

– Et puis faites moins de bruit quand vous rentrez le soir. Il y a des gens qui travaillent dans cet immeuble, dit M. Cartopic qui n'en fait toutefois pas partie, étant à la retraite.

Le sentiment d'injustice augmente encore en Wallance. Il est allé jusqu'à fomenter des assassinats chez lui, avec certes des succès divers, on peut en tout cas être sûr qu'il s'est donné du mal pour être le plus silencieux possible[1]. Mais l'avantage des réunions de copropriété, c'est que quand on se dispute, on n'a pas à courir à l'autre bout de Paris pour régler ses comptes le lendemain. Tout le monde est sur place, à part ceux qui louent mais ce ne sont pas les pires.

Il est dix-neuf heures cinquante-cinq. Le commissaire avait prévu de partir à vingt heures quoi qu'il advienne, prétextant un rendez-vous, parce que ces réunions tournent toujours vinaigre. Mais, maintenant qu'il a décidé d'assassiner le syndic, il est cloué sur place, pour le coup ce serait suspect qu'il parte dans l'urgence et revienne aussi dans l'urgence. Encore un tracas qu'on passe sous silence dans les films et romans policiers quand on daigne

1. Voir *L'Apprentissage* et *Les Japonais*.

s'intéresser aux meurtriers sans a priori moraux, tout ce qu'ils doivent supporter pour mener à bien leurs initiatives, un ennui déjà pesant quand on ne pense à assassiner personne mais qui devient effrayant lorsque, en plus, au lieu d'écouter M. ou Mme Untel se plaindre de ceci ou cela, on s'imagine qu'on pourrait être en train de trucider qui on a envie de trucider, là, dans cette même pièce, et qu'il faut laisser parler tous ces cons. Savoir qu'on les tuera après exaspère alors plus que ça ne console.

Au demeurant, Wallance ne se considère jamais comme un meurtrier, plutôt comme une sorte de justicier au service de la sécurité. Il est tellement solidaire de la société, selon ses propres notes des carnets, que c'est venger la société que se venger lui-même quand il a pris quelqu'un dans le nez. Et la meilleure preuve qu'il ne le fait pas pour lui, c'est qu'il se démène toujours pour envoyer un coupable en prison après ses propres assassinats, pour éviter de susciter le moindre sentiment d'impunité, alors que s'il ne pensait qu'à son confort personnel, il n'arrêterait personne, travaillerait aussi peu que Gou, passerait son temps à prendre le thé avec des stagiaires ou autres filles en âge de l'être et se contenterait de penser que justice est faite quand ses ennemis disparaissent. C'est le contraire qu'il pratique, beaucoup plus préoccupé des ennemis de la société que des siens.

Pendant un long moment, il n'écoute plus le brouhaha. Ce n'est pas qu'il est sourd, comme on l'accuse parfois, mais que c'est difficile d'être intéressé par ces disputes incessantes et, somme toute, basses, d'origine presque purement financière. Il est embêté pour Théodore Rouxi. C'était un coupable parfait, en plus il aurait juré que c'était le bon, lui-même ne s'étant jamais commis dans l'assassinat d'un enfant même si l'envie ne lui a pas toujours manqué[1]. Puis il se rassure en pensant que ce ne sont pas les coupables qui manquent. Ces engueulades perpétuelles devant témoins lui permettent de tuer n'importe qui de l'immeuble et de trouver des suspects de proximité vraisemblables, puisque Mme Gudulo, M. Cartopic,

1. Voir *Vacances merveilleuses*.

les Nimerde, M. Blast, M. Requin, Mme Germinal et même Mlle Kristofine, la maîtresse d'Azra, si on la met au courant de ce qui a été dit d'elle et sa chienne ce soir, tous auraient une bonne raison de s'entretuer, s'ils avaient un minimum de dignité. Certes, ça ne règle rien pour la petite Rosa, si ce n'est que Wallance, mis de bonne humeur par cette découverte qu'il vient de faire d'un océan de suspects indépendants de la victime précise, jugerait d'une malchance hors de l'ordinaire que la totalité des copropriétaires de l'immeuble aient un alibi pour le meurtre de la petite Rosa qui remonte maintenant suffisamment loin pour que personne ne se souvienne de ce qu'il faisait ce jour-là à cette heure-là. Et quand bien même chacun aurait un alibi, on pourrait l'utiliser contre un suspect, car ça éveille toujours des soupçons quand on peut justement prouver sa présence ailleurs à l'heure d'un meurtre ancien, comme si on avait préparé cet alibi et pourquoi l'aurait-on fait sinon parce qu'on savait qu'on en aurait besoin ?

– Alors oui ou non ? C'est trop de travail pour vous d'ouvrir la bouche ? C'est trop de courage de voter ?

Après un instant de battement qui ne fait pas bon effet, il se rend compte que ces questions injurieuses de M. Cartopic s'adressent à lui, ainsi que Mme Nimerde le lui fait comprendre d'un coup de coude dans les côtes qui, la physiologie a ses mystères, réveille la douleur à l'épaule que lui a valu la prétendue affection du divisionnaire. Son pied, ça ne va pas mieux, les orteils toujours recroquevillés dans sa chaussure défoncée. Il a le sentiment aussi d'un mal de tête naissant.

Il lève le bras comme tout le monde.

– Oui oui oui, dit-il.

Il vient de donner quitus à Descheuminaux de sa gestion, comme tous les autres. La rage au cœur, comme tous les autres. Il aimerait que le syndic sache qu'il va l'assassiner, lui-même se sentirait moins humilié, mais ce serait imprudent de l'informer trop à l'avance.

Est-ce qu'on reprend Descheuminaux pour un an ? De nouveau oui dans une unanimité hostile. Pour le coup, c'est encore à Wallance que ça pèse le moins, lui qui a le pressentiment que cette année ne passera pas la nuit.

Troisième point de l'ordre du jour mis aux votes : les volets de Mme Vicorette. La concierge a une loge sur rue au rez-de-chaussée uniquement protégée par des rideaux. Loin de participer à la sécurité de l'immeuble, sa gardienne serait ainsi source d'insécurité. D'autant que, à en croire les insinuations diverses de tous les copropriétaires présents, Mme Vicorette ne serait jamais dans sa loge mais à compter fleurette aux clients du boulanger, du charcutier et du magasin d'électroménager d'à côté, et que, lorsque par miracle elle est quand même dans sa loge, elle est dans son lit, en compagnie, et qu'il faudrait que la terre s'écroule pour qu'elle daigne en sortir avant d'avoir obtenu satisfaction, ce qu'elle fait avec force mais dans des délais exagérément longs à en croire les occupants de l'immeuble qui n'auraient rien contre faire insonoriser la loge si ce n'était pas à leurs frais. Mme Gudulo est prête à payer, sinon des volets qui serviraient plus le confort de Mme Vicorette que celui de la copropriété, du moins des grilles qui empêcheraient d'éventuels criminels de pénétrer dans l'immeuble sans permettre à la concierge de se livrer à ses ébats immoraux – il n'y a pas deux ans qu'elle est veuve – à l'abri de la vue de tous. M. Cartopic vote contre, juste pour embêter Mme Gudulo, ce qui fait plaisir à Wallance, et le oui l'emporte quand même mais de trop peu, ça ne fait pas assez de millièmes pour lancer les travaux. Le résultat principal de cette empoignade est que quand, quatrième point, on passe à l'ascenseur et ses réparations, M. Cartopic vote pour mais Mme Gudulo contre, et il manque encore des millièmes. Wallance s'est abstenu les deux fois par prudence, pensant à ses assassinats à venir. Comme il n'a pas encore fermement choisi victimes et coupables, il est obligé de tâcher de rester en bons termes avec tout le monde pour mieux égarer les pistes, ça lui coûte. D'autant que ce n'est pas d'une efficacité flagrante, les deux camps évoquant sa lâcheté.

– Ça vous va bien de parler de courage, en est-il réduit à argumenter pour la cantonade, alors que vous venez de revoter un an de contrat à ce syndic dont vous-même dites qu'il est un escroc.

Descheuminaux sourit, tapotant distraitement du doigt sur le procès-verbal qui lui confie en effet douze mois de gestion supplémentaires. Si les insultes le gênaient, il aurait choisi une autre profession.

– Et vous, vous ne venez peut-être pas de revoter un an aussi ? dit Mme Germinal qui a pris la remarque pour elle vu que le mot « escroc » est le sien.

– Moi, ce n'est pas pareil, dit le commissaire.

– Et pourquoi ça ? dit Mme Nimerde.

Il ne peut pas expliquer. Mais il a sa rupture de contrat unilatérale bien en tête. Il ne lui manque plus qu'un peu de tranquillité et une arme du crime, pour la volonté elle y est.

On n'arrive à une majorité suffisante sur aucun autre point. Cette assemblé générale n'aura en définitive servi qu'à donner quitus à Descheuminaux et en reprendre pour un an, et énerver le commissaire Wallance.

Mort d'un syndic

C'est fini, on papote encore un peu dans l'entrée et on se retrouve dans le hall. Ceux qu'on n'a pas entendus pendant l'assemblée sont aussi les premiers à déguerpir sans se mêler. En vertu de cette hypothèse que retourner chez le syndic pour l'assassiner est une déplorable stratégie, Wallance s'attarde avec les autres au risque de se retrouver partie prenante dans leurs querelles.

– Il ne faudra plus me demander service pour ceci ou cela, quand vous aurez perdu votre ouvre-bouteille vous ne boirez plus, tout simplement, dit M. Cartopic à Mme Gudulo, furieux que par la faute d'une habitante du premier l'ascenseur reste en l'état.

– Alors ça, dit Mme Gudulo. C'est vous qui jeûnerez, bien au contraire, quand vous aurez perdu votre ouvre-boîte, vieil imbécile.

– Ce n'est pas parce que vous êtes une femme que vous n'êtes pas une conne, dit M. Cartopic, s'embrouillant entre ce qu'il veut dire et les accommodements avec la vogue de parité et d'antisexisme.

– Non mais, on ne parle pas comme ça à une dame, dit Mme Nimerde.

– Escroc, dit Mme Germinal.

– C'est à la police d'intervenir, dans des circonstances pareilles, dit M. Nimerde.

– Mais je vais intervenir, dit Wallance qui ne voit que ses circonstances à lui, l'assassinat de M. Descheuminaux, sans comprendre si M. Nimerde faisait allusion aux insultes prétendues sexistes ou à quoi que ce soit ayant trait à la réunion.

– Honneur aux dames, dit Mme Gudulo en s'engouffrant la première dans l'ascenseur qui vient d'arriver.

Mme Germinal et Mme Nimerde l'y suivent immédiatement. M. Nimerde et M. Cartopic se heurtent en voulant y pénétrer ensemble.

– Il n'y a de la place que pour trois, raisons de sécurité, dit Mme Gudulo.

– Je veux mon mari avec moi, dit Mme Nimerde. Viens, Robert, ne te laisse pas faire.

– Mais je suis vieux, je suis à la retraite, j'ai droit à l'ascenseur, dit M. Cartopic.

– Plus de place, dit Mme Gudulo.

– Très bien, Robert, insiste, dit Mme Nimerde, encourageant son époux à bousculer le retraité pour venir la rejoindre.

M. Cartopic se retrouve avec Wallance et M. Requin et M. Blast à devoir descendre à pied, à moins qu'il attende l'ascenseur suivant comme il en fait le projet pour ne pas rester sur une humiliation, mais ça n'arrange pas le commissaire.

– Allez, descendez avec nous, on vous aidera si besoin est, cher monsieur, dit Wallance, prêt à une politesse pour s'éviter un témoin.

– Je n'ai pas besoin d'aide, je ne suis pas impotent, dit M. Cartopic. Eh bien, vous n'êtes pas rancunier, ajoute-t-il comme un reproche.

Ils n'ont pas encore descendu un étage plein et ne sont pas arrivés au troisième, il est vrai que M. Cartopic les freine, qu'ils entendent des cris entre le premier et le deuxième. C'est l'ascenseur qui s'est arrêté. Surcharge pondérale, avec M. Nimerde comme quatrième.

– Je vous l'avait dit, entend-on crier Mme Gudulo. Vous êtes trop gros.

– Escroc, dit Mme Germinal sans qu'on sache à coup sûr à qui.

– Ne vous inquiétez pas, dit M. Nimerde.

– Au secours, crie Mme Nimerde.

C'est le moment qu'a choisi Wallance pour feindre d'avoir égaré on ne sait quoi dans les bureaux et y remonter l'air de rien assassiner le syndic. Il n'a pas réfléchi aux détails, assuré qu'il trouvera les bons mots et les bons actes à l'instant opportun.

– J'ai oublié mon revolver, il faut que je remonte, dit-il.

S'il avait une deuxième chance, ce n'est pas la phrase qu'il reproférerait, l'idée d'introduire son revolver dans l'histoire, avec tous les fantasmes d'assassinat que ça fait immanquablement germer dans le public, n'étant guère judicieuse. Mais il l'a dit il l'a dit. Et puis, au contraire, peut-être que c'est très habile, puisque justement il n'a pas l'intention de tuer Descheuminaux au revolver, c'est trop bruyant, et c'est son arme de service dont toutes les caractéristiques balistiques sont connues. Comment pourrait-on lui faire grief d'avoir parlé de revolver si la victime a été tuée au cutter ou coupe-papier, armes qu'on trouve souvent sur des bureaux et qui lui sont déjà familières [1].

– Où avez-vous la tête ? Pauvre police, dit M. Cartopic au commissaire. Bien fait, dit-il à Mmes Germinal et Gudulo ainsi qu'aux époux Nimerde.

– Où est l'inspecteur ? Qu'il appelle la police, crie Mme Gudulo.

– S'il vous plaît, dit Mme Nimerde, faites quelque chose.

Et elle commence à pleurer. Mais comme elle est quand même presque deux étages en-dessous des

1. Voir *L'Auteur de polars* et *Chez l'oto-rhino*.

hommes qui font une petite pause en arrivant au troisième, il faut qu'elle sanglote fort si elle veut vraiment que ça fasse de l'effet sur eux.

– Tiens-toi, Juliette, tu me fais honte, dit M. Nimerde avant qu'on entende un bruit sec qui ressemble à une claque suivi de sanglots et de hurlements d'une autre ampleur.

– On ne frappe pas une femme, crie Mme Gudulo. Assassin.

– Escroc, hurle Mme Germinal.

C'est un vacarme indescriptible, d'autant que les hommes rient du troisième, ce qui commence par agacer Wallance. Il trouve qu'un crime est une entreprise sérieuse, grave, et qu'il faut un peu de respect quand on s'y attaque plutôt qu'être forcé d'opérer dans cette atmosphère de triste carnaval.

Quand il arrive au quatrième, Descheuminaux est justement en train d'ouvrir la porte pour voir d'où vient tout ce barouf.

– Quel syndic, est en train de crier M. Cartopic du palier du dessous où il a eu tout le temps de reprendre son souffle. Même chez lui, il n'est pas fichu de faire fonctionner l'ascenseur.

– Il faut que je vous parle, dit Wallance à l'oreille de Descheuminaux en le poussant dans l'entrée pour pouvoir fermer la porte derrière lui, la discrétion est l'amie de l'assassin même si le commissaire n'est assassin que dans les faits, pas dans l'esprit, selon son éthique.

Ils entrent dans le bureau de Descheuminaux qui est habitué à ces rancœurs d'après assemblée générale, dénonciation trop tardive d'un copropriétaire poussé par la rage à la plus extrême bassesse ou proposition de détournement de fonds en commun tentée par un autre persuadé de trouver une oreille et une main attentives chez un syndic. Ça l'amuse que cette fois-ci ce soit un policier qui s'y colle.

Mais Descheuminaux est trop moderne, il y a des ordinateurs partout et pas l'ombre d'un coupe-papier, d'un cutter ou d'un simple marque-page qui, manié avec adresse, peut se révéler des plus utiles même pour un analphabète que n'est certes pas Wallance, grand amateur de Proust, entre autres, et de livres en général.

– Oui ? dit le syndic comme le silence s'éternise.

C'est la première fois que le commissaire se

retrouve dans cette situation. Il est seul avec la victime, la volonté de l'assassiner est là, plus forte que jamais, et il n'a pas la moindre arme sous la main. Alors il ne réfléchit pas. Ni une ni deux mais il flanque son propre revolver dans la bouche de Descheuminaux qui est en train de dire « C'est pour aujourd'hui » sur le ton qu'on imagine et qui aurait certainement terminé sa phrase par « ou pour demain ? » si les deux coups tirés par Wallance ne le contraignaient à un silence définitif.

L'inconvénient de l'arme à feu est son bruit mais le commissaire a confiance que le vacarme dans l'escalier et l'ascenseur auront couvert les détonations. D'autant qu'il y a des sons supplémentaires dans l'étude même, manifestement une chasse d'eau. Wallance est là, interdit, quand surgit dans le bureau une jeune blonde, petite trentaine. C'est Mlle Oisuce, la secrétaire dont Descheuminaux comptait le travail dans ses deux cents euros de l'heure et que le commissaire avait complètement oubliée.

– Ça alors, dit-elle.

Le cadavre, Dieu soit loué le syndic n'a de toute évidence pas survécu à ses blessures pour accuser son assassin, est étendu aux pieds du commissaire, lequel a dans une main son revolver et dans l'autre son portable qu'il vient de sortir car c'est un réflexe professionnel, quand il y a assassinat on regarde l'heure et il n'a plus de montre. Toutes ses émotions ont en outre augmenté sa migraine.

– Vous n'auriez pas une aspirine, s'il vous plaît ? dit-il.

– Mais ne touchez à rien, dit Mlle Oisuce. Qu'avez-vous fait, malheureux ? ajoute-t-elle car elle raffole des polars désuets et sa conversation s'en ressent.

– Oui, le pauvre homme, j'ai peur qu'il n'y ait plus d'espoir, dit Wallance en touchant du bois. Je viens de le découvrir et, comme vous le voyez, j'appelle immédiatement mes collaborateurs au commissariat.

Et il fait sur son portable le numéro de Lavraut, pas mécontent de son rétablissement opéré en une seule phrase où il fait comprendre qu'il n'est pour rien dans l'assassinat mais que c'est son métier d'être pour quelque chose dans sa résolution.

– Vous étiez seule avec la victime, ces dernières minutes ? ajoute-t-il pour que la donzelle saisisse clairement qu'en ce qui la concerne la meilleure défense serait la défense.

– Oh, mon Dieu, dit Mlle Oisuce. Pardonnez-moi, j'étais juste allée faire pipi.

– Tant que ce n'est pas sur le paillasson, ricane Wallance pour son interlocutrice surprise. Encore que j'aurais bien aimé voir ça, continue-t-il comme un pervers, une nouvelle phrase qu'il n'aurait jamais dû dire.

La jeune femme ouvre la porte pour crier « Au secours, au secours » dans la cage d'escalier, comme un écho aux hurlements similaires de Mme Nimerde en provenance de l'ascenseur bloqué. De son côté, Wallance annonce la mort du syndic à Lavraut et lui donne l'adresse.

Il trouve maintenant d'une habileté folle d'avoir dit « J'ai oublié mon revolver » qu'il n'avait pas oublié et qui est l'indéniable arme du crime. Personne ne pourra lui reprocher qu'il y ait ses empreintes dessus et, s'il avait voulu tuer illégalement qui que ce soit avec, il n'aurait évidemment pas attiré l'attention dessus une minute avant. Il n'est pas si bête.

La coupable s'impose

La situation est cependant embrouillée. Mlle Oisuce crie à la cantonade « M. Descheuminaux a été assassiné, le pauvre » en pleurant alors que la mort d'un employeur ne suscite pas toujours tant de lamentations de la part d'une employée. Le commissaire la soupçonne immédiatement d'avoir eu avec l'ancien syndic des relations dépassant le cadre du simple harcèlement. Ça ne l'arrange pas. Car s'il y a bien la possibilité d'accuser la secrétaire du meurtre et qu'il voie mal, dans ce cas-là, comment elle pourrait s'en dépêtrer, ce serait toutefois un aveu d'impuissance de sa part, sa volonté, en se débarrassant de Descheuminaux, étant certes de s'en débarrasser, projet déjà conçu depuis plus de quatre ans[1], mais aussi de coller l'assassinat à un copropriétaire encore indéterminé dont il serait définitivement libéré également. Là, il a beau professer le plus grand mépris pour les alibis qui le dérangent, Mmes Gudulo et Germinal et les époux Nimerde argueront à coup sûr de leur blocage public dans l'ascenseur pour se défendre s'il risque le moindre sous-entendu à leur encontre. Mme Gudulo, ça le ferait particulièrement rager qu'elle soit innocente à si bon compte. Il faudra se retourner sur MM. Blast, Requin ou Cartopic, mais, comme ils étaient tous ensemble avec lui, ce seront des discussions interminables pour savoir qui est sorti le dernier, rien de bien convaincant. C'est comme un meurtre pour rien, à cela près que c'est toujours ça d'avoir supprimé Descheuminaux, son quitus et son année supplémentaire de contrat.

Les trois hommes remontent le plus vite qu'ils peuvent, passionnés par l'affaire. C'est M. Requin

1. Voir *L'Apprentissage.*

qui arrive le premier, précédant d'une courte tête M. Blast et beaucoup plus nettement M. Cartopic qui peine, ce qu'on peut attribuer à son âge et son manque de souffle mais aussi, imagine Wallance, au remords qui souvent gagne le meurtrier à l'idée de revenir sur le lieu du crime, comme ils font toujours, s'il se décide en définitive à accuser le vieux du sixième.

Dans la cabine de l'ascenseur, la nouvelle situation multiplie la rage et la peur.

– Assassiné ? crie Mme Nimerde. Et nous qui sommes exposés sans défense.

– Il n'a eu que ce qu'il méritait, crie Mme Gudulo.

– Au secours, crie M. Nimerde.

– Escroc, crie Mme Germinal.

M. Cartopic, épuisé, s'arrête sur une marche à mi-étage pour lancer un aphorisme et quelques commentaires à pleine voix.

– Quand on ne sait pas faire fonctionner un ascenseur, on ne se fait pas syndic. Surtout avec des bureaux au quatrième, dit-il. Il ne l'a pas volé, ce crétin.

– Un patron adorable, qui savait rester proche de sa secrétaire, dit Mlle Oisuce.

– Il est mort, dit M. Blast après être rentré dans le bureau et avoir pris le pouls du cadavre.

En tant que directeur d'un laboratoire de recherche, il semble estimer que les constatations scientifiques lui reviennent.

– C'est sûr, dit M. Requin sans même s'agenouiller près du corps, pour ne pas laisser croire qu'il n'y connaît rien en sciences naturelles et que M. Blast lui serait le moins du monde supérieur.

– Il n'aurait plus manqué qu'il ne soit pas mort, dit Wallance, énervé. Ce n'est pas parce qu'on est assassin qu'on est dilettante. Quand un meurtrier a décidé de tuer, il tue, et ce n'est pas un syndic qui va l'en empêcher.

– Mais qu'est-ce que je vais devenir ? dit Mlle Oisuce en prenant la tête du cadavre dans ses mains pour lui caresser les joues, le corps est pourtant peu appétissant en cet état.

– Allons, allons, ne vous inquiétez pas, dit Wallance en se penchant un peu pour lui tapoter affectueusement les joues, il la trouve assez à son goût.

– Cessez de me frapper, vieux dégoûtant, dit-elle en écartant le bras d'un commissaire comme elle aurait fait d'une mouche.

M. Blast et M. Requin rient, irrespectueux du mort.

– Oh oh, ma petite, ce serait plus prudent de le prendre sur un autre ton, dit Wallance.

– Racontez, racontez.

Les mots précédents viennent de l'ascenseur où les quatre occupants – un de plus qu'autorisé – ont compris qu'on se désintéressait d'eux. À défauts d'être délivrés, ils réclament au moins d'être distraits.

M. Blast et M. Requin sortent pour s'exécuter, aucun des deux ne voulant laisser l'exclusivité à l'autre, heureux de pouvoir jouer les conteurs devant un public on ne peut plus captif.

M. Cartopic, de son côté, est enfin parvenu, ahanant tant bien que mal, dans le bureau du syndic. Ce qu'il y voit le requinque immédiatement.

– Ça lui apprendra, dit-il. Si j'étais moins miséricordieux, il y a longtemps que j'aurais dû le faire moi-même. Avec tous ces immeubles dont s'occupait cet incapable, ça nous propose une multitude de coupables potentiels.

Ça fait plaisir au commissaire que le vieil acariâtre intègre spontanément les copropriétaires à l'affaire, même s'il regrette que des immeubles qui n'ont rien à voir avec le meurtre semblent y trouver place dans son esprit. Et puis Wallance voit bien que M. Cartopic n'est pas un professionnel, ne se souciant aucunement des possibilités. Il n'y a eu que quelques minutes où Descheuminaux était seul, quand eux tous étaient dans l'entrée, si bien qu'on ne voit pas qui a pu pénétrer dans les locaux et qu'on ne sort pas de la peu excitante alternative : ou le coupable était déjà à l'intérieur et c'est Mlle Oisuce, ce qui n'était pas l'intention première du commissaire mais si elle continue à être désagréable avec lui et que ça simplifie tout pourquoi pas ? même si ce serait décevant, ou le coupable fait partie du groupe et s'est absenté quelques secondes sans qu'on le remarque, ce qui sera difficile à prouver mais ça ne fait pas trop peur à Wallance pour qui rien n'est impossible en ces matières.

– Vieil impuissant, dit Mlle Oisuce, en giflant M. Cartopic.

Le commissaire en tire la conclusion que la secrétaire est bien placée pour savoir qu'aucun des deux mots ne s'appliquait au syndic.

– C'est ce qu'on va voir, connasse, dit M. Cartopic en essayant de saisir Mlle Oisuce par sa jupette.

Celle-ci, en reculant, marche sur le pied déjà écrabouillé de Wallance qui hurle à son tour.

– Je vous ai déjà demandé de l'aspirine, dit-il d'un ton sec.

– Alors ? Alors ? entend-on de l'extérieur.

Ce sont les naufragés de l'ascenseur qui, ayant perçu le cri de douleur du commissaire, se demandent de quoi il s'agit et si un nouvel assassinat a été commis.

M. Blast et M. Requin remontent dare-dare se renseigner et entrent dans le bureau quand Mlle Oisuce a enfin obtempéré et tend le verre à Wallance.

– Ne buvez pas, dit M. Blast. Il faut faire analyser le contenu, ça ne prendra que quelques instants demain matin à mon laboratoire.

– On n'a pas besoin de vos laboratoires à vous, la police a les siens, dit le commissaire.

Sur ce, il boit l'aspirine, parce que ça ne diminuerait aucunement sa douleur présente qu'on analyse un médicament aussi courant demain. Il s'en veut d'en avoir été réduit, par pur corporatisme et antipathie innée à l'égard de M. Blast, à défendre un laboratoire policier qui lui sabote des enquêtes merveilleuses en perdant les échantillons, comme dans la fameuse affaire Faribol[1], ou lui complique la vie en l'obligeant à prendre des précautions pour ne pas se faire pincer lui-même par des collègues idiots qui ne comprendraient rien à son éthique et sa logique et interpréteraient la sécurité à leur manière banale s'ils mettaient la main sur son ADN.

M. Blast et M. Requin ressortent déçus pour informer la population de l'ascenseur que rien de neuf ne s'est produit, « c'est seulement M. Wallance qui est douillet et qui a peur d'un verre d'aspirine », provoquant des rires bienvenus dans cette atmosphère tendue. M. Cartopic, au contraire, pro-

1. Voir la quasi-totalité des épisodes précédents.

fite qu'il est dans le bureau du syndic pour s'asseoir sur son fauteuil désormais libre et qui est d'une autre qualité que les chaises que le défunt réservait aux copropriétaires qui prenaient pourtant la peine de se déplacer jusque chez lui pour être si mal reçus alors qu'en outre ils paient, même avec des invités gratuits on n'oserait pas se conduire comme ça. Ça l'ennuie d'avoir été giflé devant Wallance.

– Vous ne seriez pas la première, dit-il à Mlle Oisuce après un temps beaucoup trop long pour que la réplique puisse prétendre à quoi que ce soit de spirituel qui lui aurait été de toute façon difficile, avec qui ça a commencé comme ça et avec qui ça finit tout autrement. Une bonne fessée sur leur petit cul tout nu, tout rond, souvent elles ne demandent que ça, croyez-moi, ajoute-t-il en tâchant piteusement d'établir une complicité avec le commissaire.

– Ça fait tout de suite du bien, dit Wallance en reposant son verre d'aspirine sur le bureau et ne pensant qu'à lui.

– Croyez-moi, répète M. Cartopic, avide d'une réponse, agrémentant ses mots d'une petite tape amicale à la Gou sur l'épaule du commissaire.

– Aïe, recrie Wallance.

Même animation dans l'ascenseur, même éphémère retour précipité puis déçu de M. Blast et M. Requin.

– C'est votre faute, aussi, dit M. Cartopic quand il comprend qu'il n'y a rien à tirer du commissaire. Quelle idée d'oublier votre revolver. Tout est de votre faute.

– Tout est de votre faute ? dit Mlle Oisuce comme si elle recevait une illumination du vieil imbécile, l'idiote. Alors tenez pour vous, vieil impuissant, jaloux.

Elle crache au visage du commissaire, tandis que le niveau du vacarme dans la cage d'escalier augmente encore.

– Bravo, dit M. Cartopic.

– Sale pute, dit Wallance.

– Vous me parlez sur un autre ton, dit Mlle Oisuce en se saisissant du revolver du commissaire qu'il a laissé sur le bureau plutôt que de le remettre dans sa poche puisque c'est maintenant l'arme du crime et en le mettant en joue.

Wallance a une seconde où il ne se sent vraiment

pas bien avant d'entendre la voix de Lavraut dire : « On se calme. »

Son fidèle collaborateur vient enfin d'arriver, accompagné de Fagis, Nathalie Malicorne et du docteur Murat, le légiste, qui a fait le chemin de son côté et qu'ils ont rencontré au pied de l'immeuble.

Mlle Oisuce retourne rapidement à de plus calmes sentiments.

– Quand on a entendu « Vieil impuissant, jaloux », on a encore pressé le pas. On a subodoré que vous étiez en mauvaise posture, commissaire Liberty, dit Fagis.

Ça fait rire Nathalie Malicorne, M. Cartopic et aussi M. Blast et M. Requin qui, comme bien on pense, se sont réengouffrés derrière les policiers, abandonnant leurs auditeurs de l'ascenseur, dès qu'ils ont vu de nouveaux arrivants et, partant, un nouvel épisode.

Pour une fois, la coupable s'impose non par des raisonnements mais par sa conduite propre. Wallance, en fin observateur des rapports de forces, comprend que ce sera difficile d'innocenter

Mlle Oisuce du meurtre de M. Descheuminaux (des amants, même si tout va bien, ça fait toujours un mobile) pour le refourguer à un copropriétaire quelconque comme c'était son intention originelle. Mais, après tout, seuls les imbéciles ne changent pas d'avis, très bien aussi que ce soit elle, vingt ans de prison ne lui feront pas de mal non plus, la pute, la sainte nitouche.

N'allez jamais faire pipi

– Alors, ma belle, on a une dent contre le commissaire Liberty ? dit Fagis en menottant dans le dos Mlle Oisuce.

Le fait de menacer un policier avec l'arme du crime, le cadavre précédent étendu par terre à cinquante centimètres, a évidemment de quoi tromper un incapable comme le subordonné carriériste de Wallance.

– C'est un malentendu, dit Mlle Oisuce.

– Il s'appelle Liberty ou Wallance ? dit M. Blast. D'un point de vue scientifique, il ne peut pas avoir les deux noms à la fois. Je m'y connais, je dirige un laboratoire où opèrent nos meilleurs chercheurs.

– Ah ah, on fait moins la fière, dit M. Cartopic en passant une main sur les fesses de la prisonnière qui ne peut pas le gifler, cette fois-ci.

C'est Nathalie Malicorne qui s'en charge, claquant la joue droite du vieux du sixième.

– Ce n'est pas parce que c'est une assassine que ce n'est pas une femme, dit-elle. Elle a le droit à ses fesses, ajoute-t-elle pour éclaircir sa phrase précédente sans y parvenir.

– Du calme, dit Lavraut, toujours partisan que les choses se passent en bon ordre et en règle.

– Il s'appelle Wallance mais on l'appelle Liberty, dit Fagis, désireux d'en revenir au plus vite à ce dont il sait que ça agace le commissaire. Parce que Liberty Valance.

– Quoi, Liberty Wallance ? dit M. Cartopic.

– Le western de John Wayne avec James Stewart, dit Fagis.

– De John Ford, ne peut s'empêcher de corriger le commissaire, entraîné par son goût de l'exactitude.

– Si vous croyez que j'ai le temps d'aller au cinéma, dit le retraité.

– Je ne comprends pas, dit Mlle Oisuce.

On ne saisit pas si ça s'applique à l'homonymie entre Wallance et un personnage fictif, à l'emploi du temps de M. Cartopic ou à son propre sort, être accusée du meurtre de son amant qu'elle aurait au contraire protégé au péril de sa vie si seulement ça s'était posé.

– Ça m'apprendra à aller faire pipi, ajoute-t-elle obscurément.

Son idée est qu'elle aurait été disponible pour voler au secours de Descheuminaux si elle ne s'était pas enfermée toute seule dans les toilettes, ce qui est idiot. Il n'empêche que le meurtre se serait de fait présenté sous un jour différent si elle était entrée dans le bureau quand Wallance tirait sur le syndic plutôt que de couvrir les coups de feu par sa chasse d'eau. Elle n'a donc pas tort de se sentir coupable, même si ce n'est pas pour la bonne raison. On veut juste faire pipi et voilà ce qui arrive, à quoi tient le crime ?

– Est-ce qu'il a eu le temps de vous parler, commissaire ? dit Lavraut en désignant le cadavre.

– Quoi ? dit Wallance.

– Il a eu le temps de vous révéler ses informations, commissaire ? dit Lavraut.

– Quoi ? redit Wallance. Il a juste eu le temps d'empocher son argent, oui, et d'en reprendre pour un an. Enfin, voici une année dont au moins il ne profitera pas.

– Je ne comprends pas, dit Lavraut.

– Quoi ? redit Wallance. Je ne comprends pas.

– C'était votre indic, non, commissaire ?

– Mais non, mon syndic. Crétin, ajoute-t-il énervé, insultant son plus fidèle collaborateur faute de s'attaquer à l'infidèle.

– C'était votre indic, commissaire Liberty ? dit Fagis. Eh bien, vous les trouvez dans les beaux quartiers. Il devait faire ça par amour du métier parce qu'il n'a pas l'air d'avoir eu besoin d'argent.

– Enlevez-moi ces menottes, dit Mlle Oisuce. Je ne saurais même pas me servir d'un revolver, ajoute-t-elle alors que l'arme du crime regorge de ses empreintes.

– Il est mort il n'y a pas une heure. La cause du décès est deux balles dans la gorge, dit le docteur

Murat en se relevant après avoir sommairement examiné le cadavre.

– Mais tout le monde le savait déjà, ça ne sert à rien, les légistes, dit Wallance. Il était encore chaud quand j'ai découvert le corps.

– Vous saviez aussi pour les deux balles, commissaire Liberty ? dit Fagis. Je croyais que personne n'avait entendu les coups de feu.

– Une ou deux, quelle différence ? dit Wallance.

– Votre montre est réparée, commissaire Liberty ? dit Nathalie Malicorne. C'est que ce n'était pas trop grave. D'ailleurs, Théodore Rouxi ne gardera pas de cicatrice. Il est décidé à ne pas porter plainte pour violences.

– Comment ça, porter plainte, l'assassin de la petite Rosa quoi qu'on dise, dit Wallance indigné. Non pour la montre, il faudra me fendre d'une nouvelle, mais j'ai mon portable même si ce n'est pas commode. Et puis on a vu Descheuminaux vivant et puis mort trois minutes après, ce n'est pas difficile de déterminer l'heure de la mort.

– Comment pouviez-vous savoir que c'était trois minutes, commissaire Liberty ? dit Fagis.

– Trois minutes ou cinq minutes ou dix minutes, ce n'est pas important, l'heure de la mort. Ce qui est important, c'est le coupable. Si vous ne comprenez pas ça, vous n'arriverez jamais à rien, Fagis.

– Le commissaire Liberty a raison, Damien, dit Nathalie Malicorne. On n'est pas notés sur le nombre d'heures de la mort qu'on a trouvées mais sur les coupables.

– Pardon, dit Fagis, inquiet de n'arriver à rien.

– C'est un métier, arriviste, dit Wallance, surfant sur son avantage. Au moindre faux pas, on revient trois coups en arrière. Prenez-y garde, Fagis.

– Exactement, dit Lavraut, histoire de manifester de quel camp il est solidaire.

– Pardon, commissaire, dit Fagis, avec cet aspect velléitaire des ambitieux, toujours prêts à s'humilier personnellement pourvu que leur carrière n'en souffre pas.

– Question secrétaires, il était drôlement compétent, le Descheuminaux, dit M. Requin, la langue pliée entre les lèvres, en examinant Mlle Oisuce. Les jeunes blondes menottées, offertes, c'est son fantasme.

Puis il ressort rejoindre M. Blast qui a pris quelques phrases d'avance pour raconter aux habitants de l'ascenseur les nouveaux développements. Ceux-ci demandent des détails, en particulier sur le jeu de mots Liberty/Wallance qui demeure incompréhensible à ces piètres cinéphiles. Ils posent des questions en criant, on leur répond sur le même ton. Il commence à se faire tard et une dame ouvre une porte au deuxième en réclamant un peu de silence en pratiquant la politique de la voix brûlée, c'est-à-dire en hurlant elle-même si fort que son injonction semble contradictoire même si elle amène de fait une seconde de répit, la surprise devant l'arrivée d'un nouveau personnage.

Wallance, lui-même exaspéré par le vacarme, sort au même instant sur le palier pour faire taire tout ce monde mais, emporté par son élan, il va au-delà de cette simple recommandation en laissant émerger une bribe de ce qu'est le fond de sa pensée.

– Silence, les cons, dit-il.

– Je vous prie, hurle la femme du deuxième, le prenant pour elle.

En plus, arrivent au même moment les deux réparateurs que M. Nimerde a réussi à joindre en appuyant sur le bouton de l'ascenseur même si Mme Gudulo estimait que ce n'était pas à un gros dont la présence explique toute la panne de converser avec les sauveteurs et qu'elle en serait elle-même tout à fait aussi capable sinon plus.

– Vous êtes trop nombreux là-dedans, dit le réparateur en chef.

– C'est vous, monsieur, qui n'avez pas voulu laisser ces dames toutes seules ? dit le réparateur en second à M. Nimerde. Moins de galanterie aurait aidé tout le monde.

– Ce n'est pas un galant, c'est un goujat, dit Mme Gudulo.

– Escroc, dit Mme Germinal.

– C'est vous qui avez insulté ma femme ? dit un colosse monté du deuxième en s'adressant directement à Wallance.

On ne sait par quel miracle il l'identifie si rapidement.

– Connard, dit le colosse en le giflant devant tous les présents, à savoir Lavraut, Fagis, Nathalie Malicorne, le docteur Murat, Mlle Oisuce et M. Cartopic. Ça vous apprendra la politesse.

Le commissaire ne peut pas l'abattre sur place, il se sent désarmé depuis que son arme de service est devenue pièce à conviction.

– Non mais, dit Lavraut d'un ton sévère à l'adresse du gifleur.

– Quel effet ça fait de se retrouver de ce côté-là de la claque, commissaire Liberty ? dit Fagis à qui Wallance le ferait volontiers savoir.

– Vous voyez, il ne faut jamais gifler une femme car c'est très désagréable de se faire gifler, dit Nathalie Malicorne, plus comme une leçon à usage universel que comme une remarque personnelle envers le commissaire.

– Je n'ai pas de compresses sur moi, dit Murat. Je ne suis que légiste, je ne sers à rien tant que vous êtes vivant. Mais comment que je m'occuperais de vous si cette charmante jeune femme vous avait tué, ajoute-t-il sournoisement en lançant un sourire supposé enjôleur à Mlle Oisuce.

– Enlevez-moi ces menottes, s'il vous plaît, dit la blonde qui ne s'intéresse qu'à elle et comme si c'était par manque de formule de politesse que sa précédente demande n'avait pas été prise en compte.

– Bravo, dit M. Cartopic au colosse. Vous, au moins, vous n'avez pas froid aux mains.

L'aspirine est efficace contre le mal de tête mais ni contre les blessures d'amour-propre ni contre sa douleur au pied. Wallance s'en veut d'autant plus d'avoir frappé la chaise maintenant que ses collègues ont dû libérer Théodore Rouxi qui, somme toute, est celui des deux qui s'en tire le mieux. Au niveau des gifles, il y a égalité sur le principe, même si le SDF en a pris plus mais une suffit, et l'assassin de la petite Rosa, même s'il est innocent, a pu rentrer chez lui avec deux pieds valides, lui, même s'il n'a pas de chez-lui.

Le commissaire a l'esprit d'escalier. Une idée lui vient qu'il est bien trop tard pour mettre en œuvre. Au lieu de tuer le syndic et d'aboutir à ce relatif fiasco (car Descheuminaux est bel et bien mort, ça on ne peut pas le lui retirer), il aurait dû habilement subtiliser une hache si par bonheur il en traînait une dans les bureaux et couper le câble de l'ascenseur où sont suspendus les quatre bloqués. D'un seul coup d'un seul, il aurait été libéré du couple Nimerde et de Mmes Germinal et Gudulo, ce qui, outre la bonne leçon de morale que ça leur aurait infligée, aurait étendu la libération jusqu'à leurs appartements. Et, en attendant que d'autres imbéciles prennent possession des logements, l'immeuble aurait gagné en calme. Mais ça ne sert à rien de se torturer avec ça maintenant que les réparateurs sont là, et Wallance finit par trouver très sain que Mlle Oisuce soit condamnée pour assassinat, après tout elle a été à deux doigts de lui tirer dessus et d'une distance où même lui atteint sa cible. Menacer un commissaire, ce ne sont pas des manières pour une secrétaire.

Les deux hommes de la société de maintenance de l'ascenseur ont l'air nuls. Incapables de le faire redémarrer, ils optent pour une solution intermédiaire. Grâce à leur clé spéciale, ils peuvent ouvrir la porte palière du deuxième même quand l'ascenseur n'y est pas, et le réparateur en second, tel un alpiniste, descend jusqu'à la cabine pour en retirer la trappe supérieure. Après quoi, en équilibre instable, il tâche de faire monter un des occupants jusqu'à ce sommet où il se tient pour ensuite le porter jusqu'au bras de son chef qui, du palier supérieur, attire l'évadé à soi. C'est du moins ainsi que les choses devraient se passer théoriquement, mais tout le monde veut être le premier à sortir.

– Je suis le seul mâle, dit M. Nimerde, argument à double tranchant.

– C'est ce qu'il faudrait vérifier, dit Mme Gudulo avec un mépris également à double tranchant.

– Je ne vous permets pas, dit Mme Nimerde comme si on l'accusait d'être lesbienne.

– Tous des escrocs, dit Mme Germinal.

– Je suis Mme Gudulo, dit Mme Gudulo comme argument définitif, et ça marche.

Ça fonctionne du moins en ce sens que le réparateur en second la désigne comme la première à secourir. Mais il n'arrive pas à l'attirer à soi car la non-utilisatrice de l'ascenseur du 59 *ter*, rue Jeanne-d'Arc qui s'est montrée moins bégueule quand il s'est agi de seulement descendre avec celui du 211, avenue de Breteuil a peur qu'on lui regarde sous la jupe pendant qu'elle sera hissée. Elle a donc une main pour serrer le tissu pendant qu'elle tend l'autre au réparateur pour qui ce n'est pas une prise suffisante. M. Nimerde feint de vouloir regarder la culotte et peut-être feint-il de feindre, on ne sait jamais ce qui intéresse les gens même si Wallance, de son côté, ne balancerait pas une seconde entre un viol et un meurtre s'il avait le choix en ce qui concerne Mme Gudulo, en plus il y a toujours un côté aléatoire dans le viol qu'on évite dans l'assassinat où, si le travail est bien fait, la victime ne risque pas ensuite d'aller pleurnicher au tribunal. Et puis ce n'est pas son fantasme, point final, ce n'est pas parce qu'on tue des gens qu'on n'est pas puritain.

Les quatre prisonniers de l'ascenseur sont d'autant plus énervés par chaque seconde qui passe que la soirée est tellement animée et qu'ils ne participent au spectacle que par raccroc. Ce n'est jamais agréable d'être enfermé, mais particulièrement quand il se passe par extraordinaire quelque chose à l'extérieur.

Au quatrième, Wallance réagit enfin à la claque du colosse du deuxième.

– Je ne vous ai même pas vu entrer, sinon bien sûr que je me serais défendu, prétend-il. Mais si vous pouvez pénétrer dans ces bureaux si discrètement, ne l'auriez-vous pas fait il y a une heure pour réduire au silence que vous aimez tant celui qui recevait chez lui les copropriétaires démocrates débattant entre eux avec tous les éclats de voix que permet une discussion dans une république ?

– Oui, pourquoi pas ? dit Lavraut. Hein, pourquoi pas ? ajoute-t-il avec la velléité de bousculer le colosse avant de se freiner juste à temps face à sa carrure.

– Quoi ? dit le type.

– Vous étiez où, il y a une heure ? dit Fagis, temporairement entièrement soumis depuis que les mots « arriver à rien » résonnent en lui comme un cauchemar.

– J'étais chez le médecin, je suis juste revenu pour vous gifler, dit le colosse.

– Chez le docteur Schlurp ? dit Wallance croit-il finement, tous ces assassins qui ont un alibi il va y mettre bon ordre.

– Mais pas du tout, chez le docteur Duval de la Bouchery, un spécialiste.

À la fois, il n'y a rien d'étonnant qu'un SDF et un habitant de l'avenue de Breteuil n'aient pas le même médecin. Ça agace quand même Wallance, tous ces innocents, et que ce soit lui qui souffre le plus et que ce soient tous les autres qui passent leur vie chez le docteur.

– Bon, dit-il. Mon pauvre pied, ajoute-t-il, et il s'assied.

Pendant ce temps, Mlle Oisuce qui a voulu prendre l'air sur le palier, toute menottée qu'elle est, comprend enfin la situation dans la cage d'ascenseur où les réparateurs s'échinent en vain.

– Il faudrait quelqu'un de compétent, dit le chef, comme un reproche contre son subordonné mais qui l'atteint aussi.

– C'est très facile, dit Mlle Oisuce. Ça arrive tout le temps. Il y a un bouton.

De fait, la machinerie de l'ascenseur souffre d'un problème de faux contact et chaque étage a, proche de la minuterie, une sorte de disjoncteur qui permet normalement de tout régler. En une minute, l'ascenseur remarche et les quatre prisonniers sont libérés, non sans avoir profité de l'ascenseur pour remonter au quatrième à part M. Nimerde qui a dû le faire à pied.

– Vous êtes trop bête, dit Mme Gudulo à Mlle Oisuce en sortant enfin de sa cage, avec une injustice qui n'est cependant pas la pire que subit la jeune blonde. Vous auriez pu le dire plus tôt.

– Mais oui, idiote, dit Mme Nimerde à la blonde.

– Escrocs, dit Mme Germinal aux réparateurs qui n'ont rien fait.

– Mais alors, quelle crétine, dit M. Nimerde à la secrétaire menottée. Vous avez plus de fesses que de cervelle, ajoute-t-il en touchant la plus accessible des deux régions citées. C'est même incroyable que vous ayez réussi à assassiner qui que ce soit, même si les syndics ne sont pas réputés pour leur QI.

On ne comprend pas cette soudaine nécessité d'intelligence égale entre la victime et son bourreau.

– Vous savez, ces tests de quotient d'intelligence, d'un point de vue purement scientifique, c'est très contestable, dit M. Blast.

– C'est vrai, commissaire, dit Lavraut sans faire attention à ce que peut dire le directeur du laboratoire. On se demande comment on peut assassiner quelqu'un en étant si bête.

– Toutes les femmes ne sont pas bêtes, dit Nathalie Malicorne à contretemps, comme si elle se flattait du nombre de meurtrières qui serait un honneur pour une bonne moitié de l'humanité.

– N'importe qui peut tuer n'importe qui, dit Wallance. L'intelligent est celui qui ne se fait pas prendre et tel n'est pas le cas de notre pauvre demoiselle, ajoute-t-il, précisant ses qualités à ses propres yeux, rougissant d'orgueil satisfait.

Il en oublierait presque son pied.

Qui aime les blondes ?

Wallance dort mal la nuit du mardi 12 au mercredi 13. Il faut dire que, pour quelqu'un qui voulait se coucher tôt, ç'a été une sacrée soirée. Le commissaire se sent tenu de rester avec eux tant que ses subordonnés sont là et, quand ils embarquent Mlle Oisuce, il préfère encore partir avec eux plutôt que continuer à traîner avec la foule des copropriétaires que leur curiosité fait veiller. Il redoute d'avoir à se mêler à leurs discussions, d'autant que les alliances sont changeantes et qu'il n'a pas la diplomatie adéquate pour passer entre toutes ces gouttes sans donner son avis, sinon sur la situation de l'immeuble, en tout cas sur le caractère et ce que devrait être le destin de chacun de ses habitants. En plus, l'affaire du revolver oublié lui tape sur les nerfs, Mme Gudulo et M. Cartopic n'étant pas les derniers à prétendre que le meurtre n'aurait jamais eu lieu si le commissaire avait été plus rigoureux avec l'argent des contribuables, puisque, après tout, ce sont nos impôts qui servent à acheter des armes aux policiers. La fuite est une bonne stratégie.

Au commissariat, Mlle Oisuce comprend pour de bon ce qui lui arrive et qu'on ne lui tient aucun gré d'avoir délivré les prisonniers de l'ascenseur, qu'elle ne compte pas sur eux pour l'aider de la moindre phrase.

– Je jure que je n'ai tué personne, je faisais juste pipi, dit-elle quand on la pousse en cellule.

– Eh bien, maintenant, il faudra nous demander quand vous aurez envie, ricane Fagis.

– Vous n'aurez qu'à m'appeler moi, ne vous inquiétez pas, dit Nathalie. Mais, là, je m'en vais, je ne serai plus là de la nuit.

Ça ne rassure pas Mlle Oisuce qui fond en larmes.

– Pour pleurer, vous n'avez à demander à personne, dit en riant Fagis qui juge maintenant plus conforme à l'intérêt de sa carrière de passer son agressivité sur une meurtrière plutôt que sur un supérieur.

– Quand je pense qu'elle a voulu vous tuer, commissaire, dit Lavraut. Salope, ajoute-t-il en la giflant.

– Salaud, dit Mlle Oisuce en ne s'adressant qu'à Wallance et en lui sautant exprès sur le pied.

Il hurle.

– Quand je pense que j'ai pris la peine de vous apporter de l'aspirine et que vous m'accusez de meurtre. Je regrette de l'avoir fait, dit la blonde.

– Ajoute ça dans sa déposition, Lavraut, ça intéressera le juge, dit le commissaire. Mlle Oisuce a déclaré : « Je regrette de l'avoir fait. » Si ça ne s'appelle pas un aveu. Très bien, ça pourra vous valoir les circonstances atténuantes, ajoute-t-il pour la blonde.

– C'est sûrement M. Descheuminaux qui aura déniché une copropriétaire plus croquante qu'elle et la secrétaire ne l'aura pas accepté, dit Lavraut. Elle n'est qu'une assassine de circonstance, Mlle Oisuce est avant tout une jalouse.

Wallance ne comprend pas bien ces définitions mais ça l'agace. Lui-même ne serait-il qu'un assassin de circonstance, un aigri, un énervé ? Il est vrai qu'il n'est pas un assassin puisqu'il est un justicier, mais, s'il était un assassin, il aimerait autant l'être de plein droit que par raccroc. Et Lavraut qui ne demande qu'à lui être agréable et trouve quand même toujours le moyen de dire ce qu'il ne faut pas.

– Qu'est-ce que tu en sais ? dit-il agacé. Peut-être est-ce elle qui a tué la petite Rosa puisque la pauvre enfant n'a pas été violée et que Mlle Oisuce n'est pas lesbienne. Et penser que vous n'avez pas été foutus de démonter l'alibi de Théodore Rouxi, ajoute-t-il en criant. Comment peut-on travailler avec des collaborateurs qui libèrent un SDF idéal dans une affaire de cette importance ?

Il y a toujours une part de mystère qui l'amuse à résoudre les meurtres dans lesquels il n'a pas levé le petit doigt en tant qu'assassin, mais point trop n'en faut. Quand il s'est arrêté sur un coupable, il aime autant que des collaborateurs n'en changent pas pour lui. En vérité, la situation n'est normalement pas moins distrayante dans les meurtres qui sont de son fait et où sa conscience lui enjoint de trouver un coupable, à lui de bien viser.

Il est fatigué, il a mal à la tête, et il a cependant, soudainement, le sentiment que violer la blonde dans sa cellule lui ferait du bien, du moins si elle cessait de pleurer pendant un délai convenable car il n'est pas le genre de sadiques qui sont excités de faire du mal aux femmes. C'est trop de conditions à la fois, Mlle Oisuce n'est pas près de s'arrêter de sangloter, et il n'y a aucune raison que ses collaborateurs la laissent nue avec lui, et même s'ils le faisaient ce serait mauvais pour sa réputation et plus ou moins illégal, plus, lui semble-t-il. Le temps d'y réfléchir, l'envie lui est passée. Mais pas la migraine.

Il laisse l'affaire à la fois réglée (le syndic a été assassiné, la coupable arrêtée) et en plan (un meurtre qu'il a commis de a à z et une idiote à qui on l'attribue) et rentre chez lui en espérant ne rencontrer personne.

Il ne peut éviter Mme Germinal qui l'attend en bas de l'immeuble.

– Toute cette affaire, c'est escroquerie et compagnie, dit-elle. Vous boitez ? ajoute-t-elle à cause du saut de Mlle Oisuce et des douleurs qui ne cessent de s'ensuivre.

Exaspéré de l'hypothèse initiale de sa copropriétaire, il va se coucher sans continuer la conversation en prétextant qu'il a du travail, paradoxe que ne relève heureusement pas Mme Germinal.

Moins miséricordieux que sa conscience, son pied ne le laisse pas dormir, sans compter sa migraine.

Il est tellement mal dans son lit qu'il arrive au commissariat aux aurores, mercredi matin. Évidemment, Gou n'y est pas encore mais Fagis et Nathalie Malicorne oui, ce qui agace le commissaire qui pense immédiatement qu'ils ont passé la nuit ensemble, idéal auquel lui n'est jamais parvenu avec la Guadeloupéenne sans que ç'ait été faute d'essayer.

– Je vous ai apporté un formulaire pour obtenir un nouveau revolver maintenant que le vôtre est à la balistique, commissaire Liberty, dit Fagis qui, devenu flagorneur, persiste cependant à employer le surnom de Wallance.

Ce qui montre que son fayotage est pure tactique car il sait que « Liberty » énerve son chef qui ne peut cependant rien dire puisque son propre chef à lui, le divisionnaire Gou, l'emploie aussi. Wallance n'aurait rien contre le fait que Fagis soit devenu lèche-cul s'il était sûr d'être le seul à en profiter, il veut dire pas Nathalie Malicorne, Gou il s'en fiche.

Lavraut arrive à neuf heures, de joyeuse humeur.

– J'ai déposé Martine et Anne chez le pédiatre. Je me réjouis de déjeuner avec elles tout à l'heure, Anne a l'air un peu enrhumée mais je suis sûr que ce n'est rien.

Sous prétexte qu'il a couché avec la femme de Lavraut, Wallance est persuadé être le père de la petite Anne, indéniablement les dates concordent, et est très attaché depuis le jour de sa naissance [1] à tout ce qui touche à la gamine qui va maintenant sur ses deux ans et demi.

---

1. Voir *Accouchement charcutier.*

– Il est bon, ce pédiatre ? dit le commissaire qui a toujours peur qu'on maltraite sa fille unique.

– Le docteur Schlurp ? Un as, dit Lavraut.

– C'est un pédiatre, le docteur Schlurp ? Théodore Rouxi vous a roulés. Qu'est-ce qu'un homme de cet âge, il a bien la quarantaine, irait faire chez un pédiatre ? dit Wallance, heureux de son pouvoir déductif et fier de donner la leçon en direct à tous ses subordonnés.

– Il y est allé avec sa petite fille, dit Nathalie Malicorne. On peut ne pas avoir de domicile fixe et avoir un enfant, il y en a bien qui ont un domicile fixe et qui n'ont pas d'enfants, commissaire Liberty.

Elle dit ça pour le faire rager, et lui pourrait lui clouer le bec rien qu'en lui parlant d'Anne mais ce ne serait pas habile devant Lavraut.

– Parce que toi, tu penses avoir un enfant bientôt ? dit Fagis à la Guadeloupéenne sur un ton atterré qui réjouit Wallance.

– Ah, les enfants, les petits-enfants, dit Gou en entrant dans le bureau tout pimpant et tout content de trouver un sujet de conversation qui montre son humanité et comme il est proche des gens, fussent-ils des inférieurs hiérarchiques.

– Bonjour, monsieur le divisionnaire, dit tout le monde.

– Bonjour, bonjour, bonjour, dit Gou, décidément très en forme ce matin. Alors, Liberty, il paraît que vous avez eu une soirée très agitée, une de ses filles a abattu un de vos informateurs avec votre revolver, à ce qu'on m'a dit. La prochaine fois que vous prenez du bon temps, gardez votre arme à portée d'yeux, ça fait mauvais effet si la presse est au courant.

– Quoi ? dit Wallance.

– Je m'étais trompé, monsieur le divisionnaire, dit Lavraut.

– Quoi ? J'ai juste jeté un œil sur le dossier, vous pensez que j'ai d'autres choses à faire, dit Gou qui, pendant l'heure qu'il consacre à son petit déjeuner, ne peut lire que *Le Figaro* tandis qu'une stagiaire lui sert son chocolat dans son bureau. J'ai fait une confusion ? Le commissaire Liberty n'était pas en compagnie d'une femme mais d'un homme ? Ça ne change rien à ma recommandation, Liberty : employez votre bon temps comme vous voudrez, mais ne laissez pas le premier assassin venu, fût-il un excellent coup, tuer qui que ce soit avec votre arme de service. Ah ah ah.

Ce rire final détend tout le monde, sauf Wallance qui n'aime ni qu'on lui fasse la charité d'un pardon dont il n'a nul besoin ni qu'on lui donne un conseil qui est encore, s'il s'agit de besoin, la chose au monde qu'il y a le moins urgence à lui fournir.

On explique à Gou.

– Ce n'était pas un indic mais un syndic, dit Lavraut.

– Ce n'était pas une prostituée mais une amoureuse, dit Nathalie Malicorne.

– Ce n'était pas le commissaire Liberty qui passait du bon temps mais la victime, dit Fagis.

– Ce n'est pas qu'on m'a volé mon revolver mais que je l'ai laissé traîner exprès, dit Wallance, entraîné par l'énervement à dire un soupçon de vérité mais, comme tout le monde parle en même temps, ce n'est pas trop grave.

– Je comprends, je comprends, dit Gou.

L'affaire est plus obscure que jamais pour lui mais il est venu là pour se distraire, il ne va pas s'embêter avec des détails.

– Si l'assassine est belle et en garde à vue, je vais aller jeter un coup d'œil en cellule, dit-il, heureux de trouver un prétexte pour quitter ce bureau où on prend les choses trop à cœur, dès le matin. Vous ne m'avez pas dit qu'elle était rousse, Lavraut ? J'adore les rousses, elles ont quelque chose que les autres n'ont pas. Ne le prenez pas mal, ajoute-t-il à l'intention de Nathalie Malicorne, les Antillaises aussi sont inimitables.

– Vous voulez dire les Guadeloupéennes, monsieur le divisionnaire ? Parce que, les Martiniquaises, souvent elles sont tout ce qu'il y a de plus quelconque, si vous voyez ce que je veux dire, dit Nathalie Malicorne qui a gardé de son enfance là-bas une rivalité avec les filles de l'île voisine.

– Bien sûr, bien sûr, dit Gou en s'en allant.

Il revient moins d'un quart d'heure plus tard.

– Qu'est-ce que ça signifie, Lavraut ? dit-il. Elle n'est pas du tout rousse. Je n'ai rien contre les blondes mais on ne peut jamais être sûr qu'elles le sont vraiment. Jamais, ce n'est pas ce que je veux dire, mais, en cellule, ce n'est pas commode. Du moins pour quelqu'un comme moi, ajoute-t-il comme si tous les hommes au-dessous de divisionnaire violaient les détenues au commissariat même et qu'il n'y ait que lui pour s'élever au-dessus de cette immoralité.

Ça agace d'autant plus Wallance qu'il n'oublie pas qu'en effet, hier soir, un instant, il a caressé sinon Mlle Oisuce, du moins la possibilité de le faire intimement.

– Monsieur le divisionnaire, dit-il d'un ton indigné, qui lui est coutumier, et démagogique, qui l'est moins. Je me porte garant de tous mes hommes. Et de toutes mes femmes, ajoute-t-il, sachant comme Nathalie Malicorne est pointilleuse sur le domaine de la parité.

– Oh oh, commissaire Liberty, ce n'est pas parce que vous êtes pédé que je suis gouine, dit la Guadeloupéenne qui, tout en ayant atteint un niveau respectable de libération, semble avoir conservé certains préjugés.

– Vous m'auriez laissé seul avec Mlle Oisuce, vous auriez vu si j'étais pédé, dit Wallance.

– Ah, maintenant vous aimez les blondes, commissaire Liberty ? Alors ce n'est plus la peine de venir me tourner autour.

– Ah, vous préférez les blondes ? dit Gou. Je ne serais pas aussi catégorique. D'autre part, Liberty, il y a des problèmes pour votre revolver, rupture de stock en ce moment. Si vous voulez, vous pouvez prendre le mien, si vraiment vous ne vous sentez pas un homme à sortir sans votre arme. Personnellement, je ne le prends jamais avec moi, c'est pourquoi je vous le propose. Il ne sort jamais de mon bureau, c'est tout à fait inutile. Ma religion est faite sur ce point. Un revolver, c'est la ruine des poches.

– Mais tout le monde n'a pas des costumes sur mesure, dit Wallance sur le même ton qu'il parlerait à Fagis ou Lavraut.

– Ah, vous avez raison, Liberty. Tout le monde n'a pas de costume sur mesure. Comme c'est juste. C'est une remarque qui s'applique à beaucoup de choses, un raisonnement qu'on pourrait poursuivre indéfiniment.

Et c'est ce que fait le divisionnaire Gou, rentrant dans son bureau en parlant tout seul puisqu'ils l'entendent encore tous dire distinctement : « Tout le monde ne peut pas être l'élite, non plus. Non, tout le monde ne peut pas. »

Préméditation sans meurtre

À midi, le commissaire est épuisé. Presque tous les jours, il déjeune avec Lavraut, mais, comme son fidèle collaborateur lui a annoncé un repas en famille, c'est à l'eau pour aujourd'hui. Lavraut lui propose bien de venir retrouver Martine et Anne « qui seront enchantées, j'en suis sûr », Wallance ne préfère pas. Bien sûr, ce serait agréable de revoir l'adorable Anne, mais Martine est de moins plaisante compagnie depuis qu'il ne l'honore plus autant qu'elle voudrait et qu'elle pratique un double chantage pour obtenir satisfaction, menaçant alternativement de faire exprès une gaffe devant son mari et de le priver de la présence de la petite Anne. Mais il aime autant voir sa fille seul, sinon tout le monde parle de sa laideur, même Lavraut qui s'étonne que sa cadette soit tellement moins belle que ses deux aînées, Charlotte et Emily dans la conception desquelles, comme par hasard, le commissaire ne réclame aucune part. Il décide donc, exceptionnellement, de rentrer chez lui pour se cuisiner un petit quelque chose, il n'a pas grand faim, avant une bonne sieste.

Plus il y pense sur le chemin, plus la soirée de la veille se révèle en fait un fiasco. Non seulement il n'a éliminé aucun copropriétaire, mais ceux-ci profitent de l'événement qu'est l'assassinat du syndic par sa secrétaire-amante pour engager la conversation avec lui, comme Mme Germinal avant qu'il se couche hier soir et Mme Gudulo quand il partait ce matin, même s'il était trop fatigué pour seulement entendre ce que celle-ci lui a dit et que les frais de discussion avec Mme Germinal avaient déjà été réduits au minimum. Et puis il y a le coup du revolver oublié, il ne faudrait pas que ses voisins croient qu'il fait mal son travail alors qu'en vérité il a prétendu l'avoir égaré mais l'a toujours gardé à portée de doigt comme M. Descheuminaux pourrait en témoigner ou, plutôt, comme le fait qu'il ne puisse pas en est la preuve. Naturellement, les opinions de Gou ont beau lui indifférer, il n'imagine pas que c'est par le mérite que le divisionnaire est parvenu à ce poste, que l'autre se croie plus que lui parce qu'il a des costumes sur mesure et des poches impeccables l'agace. De toute façon, c'est normal d'avoir les nerfs à fleur de peau quand on est épuisé, ce pied qui ne cesse de l'élancer, il s'en veut de se justifier.

Il n'a pas toujours pensé ça mais il ne serait pas mécontent de rencontrer Mme Gudulo. C'est que la fatigue et l'énergie vont parfois de pair, du moins un moment, et que, s'il la voyait maintenant, tout lui laisse soupçonner que ce serait la dernière fois vivante. Dieu sait qu'il y a foule de voisins à assassiner 59 *ter*, rue Jeanne-d'Arc, il n'empêche que celle qui lui plairait le plus pour l'instant serait la grossière du premier, la prétendue non-utilisatrice de l'ascenseur dans lequel, à en croire M. Cartopic, son ridicule

Armand se livrerait à des insanités urinaires qui empestent toute la copropriété. Quand il l'a vue ce matin, il ne se sentait pas assez en forme pour en finir, mais, s'il a une deuxième chance pour déjeuner, il ne la laissera pas penser.

Pourquoi Mme Gudulo entre toutes ? C'est comme l'amour, c'est imprévisible et ça ne se discute pas. Wallance ne veut pas entrer dans ces considérations sinon pourquoi aussi bien ne pas se demander ce qui a valu son sort au syndic hier soir, encore que la commodité, comme on a vu, a été un élément important pour le choix aussi bien de la victime que du coupable. Là, son dévolu est jeté sur Mme Gudulo de manière beaucoup plus tranchante, puisqu'il n'est pas encore dans son immeuble quand il la désigne comme victime entre toutes. D'un autre côté, il ne s'interdit pas de continuer sa tâche après la disparition de Mme Gudulo si les autres copropriétaires réagissent d'une manière qui l'énerve. Les policiers, qui passent leur temps à annoncer des assassinats à des familles et des voisins, sont légitimement agacés quand ceux-ci réagissent de façon inadéquate, par des sanglots et des cris qui ne font pas avancer l'enquête d'un pouce quand ce ne sont pas avec des expressions incrédules, genre « Non, ce n'est pas possible ? » ou « Quoi ? Mais je l'ai encore vu tout à l'heure », qui révèlent plus une culture télévisuelle qu'une franchise spontanée et semblent mettre en doute les assertions des fonctionnaires qui savent ce qu'ils font quand ils viennent prévenir de la mort d'un parent ou d'un enfant – même s'ils peuvent évidemment aussi se tromper, comme tout le monde, quand c'est le voisin qui a été assassiné et que les portes se ressemblent, on ne peut décemment pas réclamer du commissaire qu'il connaisse comme sa poche un immeuble où il met les pieds pour la première fois.

59 *ter*, rue Jeanne-d'Arc, il le maîtrise, l'immeuble, depuis plus de vingt ans qu'il y habite au point qu'il a fini de payer son crédit. Il se réjouit pour Mme Gudulo, il y a des années qu'il aurait déjà dû le faire, ainsi qu'a déclaré M. Cartopic devant le cadavre de Descheuminaux. Le plaisir qu'il éprouve après avoir pris sa décision est un nouveau signe que c'est la bonne. La seule ombre est qu'il serait de bon voisinage d'aller ensuite à son enterrement et qu'il

risque d'y retrouver tous les copropriétaires qui auront les mêmes scrupules de courtoisie que lui, et que ces imbéciles ont le chic de rendre les situations pénibles. D'un autre côté, il n'a jamais tué personne au cimetière, ce pourrait être une expérience neuve qui ferait faire des économies au moins de transports à la famille du disparu, quoique ce n'est pas parce qu'on meurt sur une tombe qu'on y sera enterré, on ne sait jamais où les gens ont été se mettre leur petite concession de côté.

Certains appelleraient ce que Wallance est en train de mettre sur pied un meurtre avec préméditation. La préméditation y est, c'est indiscutable, même si le commissaire n'est pas encore entré dans les détails. On a toujours l'impression que la façon dont il opérera son assassinat est secondaire par rapport à la volonté qu'il en a. Quand on veut, on peut. Et, encore une fois, même si lui-même emploie parfois les termes de « meurtre » ou « assassinat » dans ses carnets, c'est sans les lester de la réprobation dont des êtres moins intéressés à la sécurité de leurs semblables les affublent parfois. Le commissaire est salarié par l'État pour que ses compatriotes puissent vaquer en toute tranquillité à leur tâche quotidienne, et quoi les en empêche plus que la crainte que les horribles histoires qu'on voit à la télévision ou qu'on lit dans les journaux, des *serial killers* donnant libre cours à leurs instincts ou des criminels vaquant eux aussi en toute tranquillité à leurs tâches quotidiennes, ne leur arrivent à eux ? Wallance, en arrêtant des coupables après chaque meurtre qu'il commet lui-même, met le holà au sentiment d'impunité qui peut griser les assassins et c'est une leçon pour tous que, innocent ou coupable, on n'est jamais loin de la prison. Il n'a pas encore choisi le meurtrier de Mme Gudulo mais ce sera quelqu'un de l'immeuble, il n'y a pas qu'en tuant les gens qu'on se débarrasse d'eux, quand il sont en prison pour vingt ans ça permet également de souffler.

Mais ce n'est pas tout de préméditer son meurtre, encore faut-il que la victime soit au rendez-vous. Combien d'assassinats merveilleusement conçus, au fil des siècles, ont échoué parce que l'assassiné avait raté son train ou renoncé au dernier moment à une sortie au restaurant, l'indécision et le désordre profitant à la victime au mépris de toute justice.

Dans ce cas précis, quand il se retrouve devant le 59 *ter*, rue Jeanne-d'Arc, Wallance, plus même que dans l'état mental, est dans l'état nerveux qui lui sied avant d'assassiner qui que ce soit. Il n'a pas d'arme du crime sous la main, même pas son revolver de service ni celui de Gou qu'il a cru plus digne de ne pas emprunter (il ne veut rien devoir au divisionnaire), mais on en trouve toujours sur place. Ça ne s'est pas produit pour Descheuminaux ? Certes. Mais, selon les calculs de probabilité les plus sommaires, il serait justement extraordinaire qu'un cas aussi extraordinaire se reproduise deux fois consécutivement en moins de vingt-quatre heures. Toutefois, la nécessité veut que le commissaire, à un moment ou à un autre, entre en contact avec Mme Gudulo, il ne va pas la tuer par télépathie. S'il avait ce pouvoir, son travail serait trop aisé et la planète beaucoup plus dépeuplée à l'heure qu'il est.

Il est maintenant dans la hall d'entrée et Mme Gudulo n'y est pas. C'est dans l'ordre des choses, il n'a pas de raison de la rencontrer tout le temps, mais, comme il n'a pas l'habitude d'être chez lui entre midi et deux heures, il ne sait rien de la vie de l'immeuble à cet horaire et a pu bâtir n'importe quel scénario. Il se retrouve devant l'ascenseur, au pied de l'escalier, et ne sait quoi faire. Il n'est qu'au deuxième mais son pied le fait tellement souffrir qu'il monterait bien en ascenseur où il ne risque cependant pas de rencontrer Mme Gudulo qui se fait une fierté de ne jamais l'emprunter. Qui sait toutefois s'il n'y trouvera pas Armand Gudulo, son héritier adolescent à la miction facile ? S'il s'agit de faire du mal à la vieille chouette du premier, la mort de son fils peut être aussi efficace que la sienne propre. Mais Wallance n'a pas des ambitions aussi malveillantes, il combat la souffrance autant que l'insécurité. Il n'empêche qu'il ne s'interdit pas de tuer Armand si ça se pose, il a bien treize-quatorze ans, ce n'est plus un enfant, et il prend l'engagement intérieur de ne pas le violer quoi qu'il arrive pour éviter que ça tourne au sordide. En plus, ce sera la preuve qu'il n'est pas homosexuel, quoi que prétende parfois Nathalie Malicorne.

Il patiente au rez-de-chaussée, espérant que les Nimerde ne sont pas chez eux à le regarder par leur judas comme ce serait bien leur genre. Personne ne passe. Il n'a pas appuyé sur le bouton de l'ascenseur, encore irrésolu quant à sa façon de monter, et pouvant ainsi prétendre à la distraction si quelqu'un l'a vu s'éterniser sur place, il aurait simplement oublié d'appeler l'ascenseur tout en croyant l'avoir fait. C'est plein de vraisemblance, il a bien égaré hier soir son revolver chez Descheuminaux. Il y a aussi la solution de monter à pied en faisant une pause au premier pour sonner chez Mme Gudulo et agir en fonction de ce qui se passe. Si elle est seule, pourquoi ne pas la liquider sur place ? C'est toujours plus sympathique pour les proches quand le cadavre de la victime est à domicile, dans l'intimité, qu'on n'a pas à traverser Paris pour constater on ne sait où ou chez on ne sait qui une mauvaise nouvelle. Mais si elle ouvre pendant qu'elle fait à déjeuner à Armand et que les voisins sont légion, Wallance peut se prendre une nouvelle bordée d'insultes à laquelle il ne pourra réagir que par des mots. Il a le sentiment de mieux s'exprimer une arme à la main et la victime hors d'état de se défendre efficacement.

Ce serait préférable pour son pied de tuer les Nimerde dès le rez-de-chaussée, mais ils sont deux, ça veut dire toujours un prêt à crier, et l'inconvénient du rez-de-chaussée est que n'importe qui peut entendre tout en sortant de l'immeuble ou en y rentrant. Mme Vicorette, la concierge, c'est difficile aussi puisqu'il a cru comprendre la veille que soit elle n'est pas là, soit elle y est avec un témoin introduit en elle qui n'arrange pas non plus le commissaire, encore qu'il pourrait tuer le couple d'un seul coup, drame typique de la jalousie, mais il ne voit pas comment sans revolver et, avec la fenêtre donnant directement sur le trottoir, le nombre de témoins éventuels est multiplié de façon immaîtrisable.

Peu à peu, dans son indécision, le meurtre de Mme Gudulo se retire de lui pour l'avenir immédiat, mais c'est justement dans l'avenir immédiat qu'il a besoin d'en commettre un. Il a le sentiment que ce sera bon pour son pied, son mal de tête et lui tout entier. Même Mlle Kristofine ferait l'affaire, même sa chienne Azra. Personne ne se présente.

Un ascenseur pour échafaud

Il est toujours perdu dans ses réflexions, ennemies de l'action, ne faisant même pas attention au bruit de la machinerie, lorsque la porte de l'ascenseur s'ouvre, dévoilant M. Cartopic avec une canne. Une canne, voilà ce qu'il faut au commissaire pour diminuer sa souffrance au pied. En outre, il a toujours trouvé ça très distingué.

Wallance s'écarte pour laisser descendre son voisin du sixième mais M. Cartopic, d'un signe exaspéré, lui ordonne de monter. Tout en n'aimant pas ces manières, le commissaire s'exécute, ça ferait maintenant bizarre qu'il refuse l'ascenseur et le rez-de-chaussée lui paraît le pire étage pour un assassinat, indépendamment de l'identité de la victime.

– Vous regardez ma canne ? dit M. Cartopic. J'essaie de ne jamais l'utiliser pour qu'on ne me prenne pas pour un vieux mais, à cette heure-ci, normalement c'est désert. À mon étage, personne ne revient avant dix-neuf heures. Quand ils sont là, en revanche, c'est la java, croyez-moi. Et vous, vous n'avez pas du travail, commissaire Liberty ? Elle est belle, la police.

Pendant ce temps, la porte de l'ascenseur s'est refermée et il remonte. Wallance a oublié d'appuyer sur son bouton du deuxième et, quand il veut le faire, M. Cartopic l'en empêche.

– J'ai laissé mon portefeuille chez moi, sur la petite table de l'entrée où je le mets toujours pour être sûr de l'emporter en sortant, dit le vieux. C'est toujours comme ça. Je m'en suis rendu compte que je n'étais pas au cinquième mais, à moins de remonter à pied, il n'y avait pas moyen de faire autrement que redescendre tout en bas pour remonter tout en haut. Alors, vous n'allez pas m'emmerder maintenant à m'arrêter au deuxième. Vous redescendrez après moi, ce sera la moindre des choses d'attendre une seconde que je cherche mon portefeuille et qu'on fasse le trajet ensemble.

– Mais je suis pressé, dit le commissaire qui n'aime pas, c'est humain, qu'on lui parle sur ce ton.

Et il tend son doigt pour appuyer sur le bouton du deuxième quand M. Cartopic tâche de l'en détourner d'un coup de canne mal ajusté qui réveille le mal à l'épaule de Liberty.

– Ce n'est plus la peine, maintenant, dit le vieux, on vient de dépasser le deuxième.

Wallance constate que c'est exact sur le petit voyant indiquant les étages.

– Alors vous ferez comme j'ai dit, commissaire Liberty de mes deux, dit M. Cartopic.

– Mais pas du tout, dit Wallance.

Il s'apprête à appuyer sur le bouton du trois, ça ne lui fera qu'un étage à descendre à pied, ce qui est toujours mieux que deux à monter, et ça mettra le vieux hors de lui. M. Cartopic s'apprête à l'en dissuader de la même manière que précédemment, quoiqu'il semble décidé à mettre plus de force dans son coup de canne, mais le commissaire s'y attendait et donne lui-même un gros coup de poing dans le ventre du vieillard qui lâche lamentablement sa canne brandie comme une arme et dont il aurait soudain besoin comme soutien, puisqu'il chancelle une seconde avant de s'écrouler par terre en murmurant « Salaud », il n'a pas assez de force pour crier. Il faut croire qu'il est plus lourd qu'il n'en donne l'impression car ce choc de M. Cartopic s'effondrant, à moins que ce soit la succession des mouvements et soubresauts, provoque immédiatement l'arrêt de l'ascenseur entre le troisième et le quatrième.

– Vous voyez, j'avais raison de dire qu'il marche mal, dit le vieillard en se remettant debout sans aide, phrase pas plus curieuse que celle de ces accidentés de la route se réveillant après trois semaines de coma pour juste dire, sûrs de leur bon droit, « Mais je venais de la droite ». Rendez-moi ma canne, ajoute-t-il comme le commissaire s'en est saisi.

Il y a évidemment la possibilité de massacrer l'immonde vieux avec sa propre canne et puis se l'approprier, se montrer ostensiblement avec sans que personne soupçonne qu'elle est partie intégrante de l'affaire à résoudre, comme dans *Le Mys-*

tère de la chambre jaune. C'est une canne assez élégante, Wallance est tenté. Mais le fait de trouver un intérêt matériel au meurtre, comme s'il était un simple voleur, lui paraît contradictoire à l'éthique qui le guide. S'il veut une canne, il n'a qu'à s'en acheter une. D'autant que s'il doit frapper et frapper le vieillard avec son propre bâton de vieillesse, le laboratoire n'aura aucun mal à déterminer l'arme du crime et ce ne sera peut-être plus aussi judicieux de se promener avec. Sans compter les hurlements que peut lancer M. Cartopic. Ces vieux, c'est toujours plus résistant qu'on n'imagine, le commissaire ne veut pas s'y laisser prendre. Et même si l'immeuble est désert et que ça n'attire personne, avec l'acoustique d'une cabine d'ascenseur, ça percera les tympans de Wallance avant qu'il ait eu le temps de l'assommer. S'il y avait pensé plus tôt, le commissaire serait passé chez Mme Dadarien, à la pharmacie, se procurer deux boules Quies même s'il n'est pas évident qu'on en vende à l'unité et qu'il aurait peut-être dû faire les frais d'une boîte complète, et la face de l'assassinat de M. Cartopic eût été changée. Car, que Mme Gudulo soit momentanément sauvée et M. Cartopic en piètre posture, ça, c'est acquis.

– Rendez-moi ma canne, répète le vieux.

– Pas avant que vous vous soyez calmé, dit le commissaire.

Ça lui donne un moment pour réfléchir vu que ce genre d'injonction a plutôt tendance à dégrader l'état des nerfs de qui le subit qu'à l'améliorer comme le locuteur prétend y contribuer.

– Il ne manquait plus que ça, dit M. Cartopic. Bloqués au-dessus du troisième. Si le câble cède, on est bons.

Wallance espère que personne n'aura l'idée qui lui a traversé l'esprit hier chez le syndic, de nettoyer l'immeuble de ses habitants à coup de cabine d'ascenseur ratatinée, mais ça ne vaudrait pas la chandelle, ils ne sont jamais que deux dedans, dont un vieillard, et puis il faut un esprit familiarisé avec ces questions, un vrai professionnel, pour analyser aussi vite les possibilités de la situation. Aucun autre copropriétaire que lui n'a les compétences nécessaires.

– Appuyons sur la sonnerie, comme ils disent de faire, dit M. Cartopic.

– Mais non, dit Wallance.

Il ne sait pas pourquoi sinon qu'il lui faut un peu de temps.

– Vous avez raison, dit le vieux, renonçant immédiatement. Incapables comme ils sont, ce n'est pas la peine de faire appel à des réparateurs qui nous factureront on ne sait combien et cet escroc de syndic, comme dit si bien cette idiote de Mme Germinal, prendra encore son pourcentage de pot-de-vin, lui ou un autre, Dieu ait son âme.

– Belle canne, dit le commissaire. Ça va chercher dans les combien ?

– Dans les vingt ans si on me la vole, dit M. Cartopic à Wallance ahuri. Ah ah ah, ajoute le vieux en riant, je vous ai fait peur. Elle vient de mon père qui la tenait de mon grand-père, ça a une valeur folle, jamais un flic n'en aura une pareille, inspecteur, ou il faudrait que vous soyez ministre de la Police.

– J'ai la Légion d'honneur, dit curieusement le commissaire qui ne manque pas de snobisme, parfois, et regrette toujours quand son propre grade n'est pas estimé à sa juste valeur avant que ce soient ceux qui ont commis l'erreur qui aient de bonnes raisons de le regretter.

– Quoi ? dit M. Cartopic indigné comme jamais. Vous avez la Légion d'honneur alors que moi je ne l'ai pas. Je la méritais cent fois, naturellement, mais j'ai été barré par des jaloux. Et vous, un incapable, un paresseux, un imbécile permettez-moi de vous le dire, qui n'avez même pas d'enfant pour participer au renouveau du pays, vous, vous l'avez qui n'avez pas levé le petit doigt pour l'obtenir. Alors ça. Le monde est mal fait, conclut-il comme s'il s'en rendait compte pour la première fois, il est pourri.

– Pas levé le petit doigt ? dit le commissaire. Alors ça. Peu d'hommes en France en temps de paix l'ont obtenue aussi chèrement, ajoute-t-il. Et peu de femmes, ajoute-t-il encore prudemment, alors qu'il y a peu de risque que leur conversation dans la cabine d'ascenseur soit espionnée par Nathalie Malicorne. Ma Légion d'honneur, j'ai de bonnes raisons d'en être fier. Et croyez-moi que, si je n'avais pas d'enfant, elle n'aurait pas la même saveur [1].

– Il suffit de rappuyer sur le bouton et ça marche, souvent, dit M. Cartopic, abandonnant soudaine-

---

1. Voir *La Légion d'honneur*.

ment la conversation précédente ainsi que font souvent les vieux, et aussi les assassins quand ils croient utile de détourner l'attention jusqu'au moment où la victime est incapable de la moindre. On va au sixième, que ça vous plaise ou non. Et tâchez de ne pas souiller l'ascenseur pendant que je cherche mon portefeuille et que vous m'attendez. Vous êtes à un âge où on peut se retenir, ajoute le vieillard, comme si un épanchement d'urine serait plus compréhensible de la part du jeune Armand Gudulo ou de M. Cartopic lui-même. Je suis sûr que c'est vous, comme a dit Mme Gudulo, mais là vous serez pris sur le fait.

Cette perspective, à laquelle il donne plus d'ampleur que ne le soupçonne l'odieux vieillard, déplaît comme on imagine fortement à Wallance, décidé à se passer de canne mais quand même à assassiner M. Cartopic.

– Vous voyez, ça marche, dit celui-ci tandis que l'ascenseur redémarre, comme si c'était grâce à son talent. C'est vrai que vous êtes un vieil impuissant jaloux comme l'a dit Mlle Oisuce ? C'est pour ça que vous l'avez arrêtée alors que l'habitude de la police est plutôt de laisser les malfaiteurs en liberté et d'embêter les braves gens qui se sont fait dévaliser et viennent porter plainte ? ajoute M. Cartopic.

Apparemment, il passe du coq à l'âne, mais, en vérité, il ne fait, quoiqu'il l'ignore, que renforcer l'imminence de sa mort déjà décidée, à défaut de planifiée, et qui, si elle a des motifs structurels lointains et d'autres circonstanciels plus immédiats, trouve dans cette phrase, toutes proportions gardées, son assassinat de François-Ferdinand mettant le feu aux poudres de la guerre de 14.

– Rendez-moi ma canne, dit encore M. Cartopic quand on arrive au sixième.

Le commissaire ne répond pas. Et la porte coulissante de l'ascenseur, détraquée, ne cesse soudain de s'ouvrir et se fermer ainsi qu'il en a été fait mention hier chez Descheuminaux qui ne pourra plus rien faire pour améliorer son fonctionnement.

Avec la canne, Wallance a alors l'idée de soulever la jambe du vieillard qui marche à petits pas pour le faire tomber. Une fois qu'il est par terre, il l'empêche de se relever avec des coups sur tout le corps et M. Cartopic, pour éviter de se faire écraser par la porte coulissante et ses allées et venues perpétuelles, roule jusqu'à l'extrémité opposée à cette coulisse où il est moins exposé, croit-il, mais exposé quand même. Le commissaire lui met alors la canne dans la bouche pour qu'il ne puisse plus ni appeler au secours ni continuer à débiter des insanités sur la police en général et Liberty en particulier, et se contente de lui mettre le pied dessus pour l'empêcher de se relever. Son ambition est peu ou prou que M. Cartopic finisse guillotiné par la porte coulissante de l'ascenseur. Ce n'est pas facile, ladite porte, pour des raisons de sécurité ou autre, incompétence ou paresse du fabriquant, étant beaucoup moins tranchante qu'on ne pourrait l'espérer pour un pareil usage.

Voyant au bout de quelques minutes qu'il n'y a aucun espoir de couper le cou de M. Cartopic comme l'ont été ceux du clown Faribol et de la marquise Villechaussoy de Parme [1], Wallance saisit la ceinture de la victime comme un grappin pour avancer le corps de quelques centimètres. Ce n'est

1. Voir *Vacances merveilleuses*.

rien mais il fallait y penser. Désormais, certes, le cou est hors d'atteinte de la porte et il n'y a plus d'espoir de détacher la tête du corps, mais c'est le crâne qui se fait écrabouiller, et tant pis après tout que M. Cartopic ne finisse pas en pièces détachées, même si seulement deux comme prévu initialement, ainsi qu'un ascenseur de conception plus guillotineuse l'aurait permis, pourvu qu'il soit mort dans les grandes largeurs, expression qui convient parfaitement à la bouillie que devient sa tête et qui se répand partout, et que ça serve de leçon à tous les copropriétaires.

Quand le cadavre est incontestablement devenu cadavre, même aux yeux d'un non-spécialiste, Wallance retourne à pied chez lui, laissant le mécanisme de la porte continuer à s'ouvrir et se fermer inutilement. Maintenant que plus rien ne s'oppose à sa petite sieste, quatre étages ne lui font pas peur, surtout en descendant.

Il faut qu'une porte soit fermée

– Dring dring. Toc toc toc. Boum boum boum. Ouah ouah.

Indéniablement, on frappe à sa porte. Wallance s'est endormi, la conscience rassasiée, mais quelqu'un semble attaché à lui gâcher son sommeil. Des coups de plus en plus violents sont portés contre sa porte, sans compter des aboiements sur son palier. Encore dans un semi-assoupissement, il se demande quoi faire. Le fait est qu'il n'y a pas pensé avant. M. Cartopic mis hors jeu, il était si content qu'il est rentré chez lui plus facilement qu'il ne l'espérait, son mal de tête et même de pied et d'épaule diminué, comme quoi le fameux lieu commun qui veut que la psychologie influe sur le physique n'est pas si faux et qu'il y avait de la somatisation dans sa migraine et ses douleurs diverses. Il s'est déshabillé, ne gardant que son caleçon, et a trouvé immédiatement le sommeil. Une bonne petite heure à dormir et il se réveillerait tout requinqué. Qu'on l'interrompe avant qu'il se soit reposé tout son soûl n'est pas de bon augure. Comme il a éteint son portable, il n'arrive pas à savoir immédiatement combien de temps il a passé dans son lit, ce qui augmente son grief contre cet immeuble, ses habitants en général et ses copropriétaires en particulier, quoique ceux-ci n'aient pas de responsabilité en l'occurrence.

Il se demande s'il va ouvrir ou faire semblant de ne pas être là, après tout personne apparemment ne l'a vu rentrer dans l'immeuble que M. Cartopic dont il ne redoute plus les bavardages. Mais les coups à sa porte sont de plus en plus sonores et brutaux, il a peur qu'elle sorte de ses gonds ou quoi que ce soit de ce genre s'il n'y met pas bon ordre avec les frais de menuisier et serrurier que ça risque d'occasionner. Sans compter que si on l'enfonce pour le trouver ensuite dans son appartement, sa position sera affaiblie. Il ouvre.

Nul copropriétaire devant chez lui, c'est déjà ça, mais du monde quand même. C'est Mme Vicorette qui frappe du poing contre la porte tandis que Mlle Kristofine, ses deux mains occupées à tirer sur la laisse d'Azra, y va avec les pieds et que la chienne, qui semble n'avoir d'autre ambition qu'entrer visiter l'appartement de Wallance, aboie à tout rompre, la frustration d'en être privée, sûrement, les animaux n'ont pas moins de sentiments que les humains.

– Pas trop tôt, dit Mme Vicorette.

– Encore heureux que M. Cartopic n'ait pas compté sur vous, dit Mlle Kristofine. C'est de la chance qu'il était déjà mort car, si sa survie n'avait tenu qu'à vous, vous vous sentiriez drôlement responsable à l'heure qu'il est.

– Ouah ouah, continue à dire Azra en montrant les dents.

Le commissaire ricane. Il connaît ces gens qui disent « responsable » pour sous-entendre « coupable », mais le profond sommeil dont il vient d'être extirpé en milieu de journée, heure pourtant peu propice au repos chez les salariés, prouve mieux que le meilleur alibi qu'il n'a aucune raison de se sentir défavorablement mêlé au drame.

– Quel drôle de caleçon, dit Mme Vicorette. Mon défunt époux portait le même, ça ne donnait pas envie qu'il le retire.

– Comme vous êtes gros, dit Mlle Kristofine. Ça ne doit pas toujours être facile à vivre.

– Mais je vous prie, dit Wallance qui regrette de ne pas avoir enfilé un pantalon et une chemise, d'autant qu'il fait froid, la porte ouverte.

– Kaputt, M. Cartopic, dit Mme Vicorette, partagée entre l'enchantement d'un drame original dans l'immeuble dont elle a la charge et le dérangement que ça amène dans sa journée.

Il s'avérera que si la concierge était dans son lit comme le commissaire, contrairement à lui elle n'y dormait pas.

– Quelle horreur, dit Mlle Kristofine.

– C'est Mlle Kristofine qui l'a trouvé la première, dit Mme Vicorette. M. Cartopic qui n'arrêtait pas de nous emmerder avec ses réflexions sur les dysfonctionnements de l'ascenseur, eh bien on ne pourra plus le lui reprocher. Ça devait être comme une prémonition chez lui, il aura péri par où il avait péché. Il faudrait que vous fassiez venir des collègues pour nettoyer tout ça, inspecteur, car je peux vous dire que ce n'est pas ragoûtant et que je ne suis pas payée pour faire le ménage dans des choses pareilles.

– Quelle horreur, répète Mlle Kristofine sans la moindre ironie.

– Quoi ? dit Wallance à qui l'abrutissement inhérent à un réveil brutal permet de jouer avec conviction le rôle de celui qui n'est au courant de rien.

– M. Cartopic, dit Mme Vicorette. Massacré par l'ascenseur. Une vraie carambouille. Croyez-moi, ça va être que du bonheur pour les journalistes, « L'ascenseur habite au 59 *ter* » ou « L'ascenseur frappe toujours deux fois », j'espère que non. Voilà enfin qu'il y a de l'actualité chez nous. C'est comme au zoo : l'ascenseur n'a pas eu besoin de sortir de sa cage pour tuer son dompteur.

– Son dompteur ? dit le commissaire, légitimement à côté de la plaque.

– J'écris, dit Mme Vicorette, je m'exprime par métaphore, vous ne savez pas faire ça ? Je me mets à la place des journalistes.

– Je descendais promener Azra pour qu'on n'aille pas ensuite m'accuser moi que je ne le fais pas suffisamment et cette pauvre chienne de mille maux, dit Mlle Kristofine. Je voulais la promener un instant dans le caniveau pour ne pas salir l'immeuble. Et qu'est-ce que je vois en montant dans l'ascenseur ? M. Cartopic, le vieux du sixième, celui-là même qui n'avait de cesse de réclamer la propreté de son fameux 59 *ter* et de lancer les pires calomnies contre la pauvre Azra qui ne peut pas se défendre, eh bien je vois M. Cartopic répugnant ayant souillé de toute sa cervelle le sol de l'ascenseur.

– Et croyez-moi, ce n'est pas comme l'urine qui s'évapore en un rien de temps. Ça tient, les entrailles, viscères et tout ça, je me demande s'il ne faudra pas faire appel à une entreprise de nettoyage, dit Mme Vicorette, prête à tout pour se décharger de son travail même si ça doit occasionner des frais supplémentaires à la copropriété.

– Vous avez appelé la police ? dit Wallance sans penser à manifester son émotion avant de se tenir informé du déroulement de l'enquête.

– Ben oui, dit Mlle Azra en riant. Puisqu'on est en train de vous le dire.

– Vous n'êtes pas bien vif, inspecteur, dit Mme Vicorette, riant aussi.

Ça l'agace de mettre en joie les deux femmes plutôt que de les terroriser, si elles savaient, il faut être idiotes pour se moquer d'un homme dont la vengeance peut être terrible. Par une contradiction fréquente dans un état psychique fugitivement perturbé, il dira dans un carnet avoir regretté que M. Cartopic ne soit plus vivant pour leur expliquer de quelle manière abominable il avait été assassiné.

– Vous attendez quoi de moi ? dit Wallance. Que j'arrête l'assassin ?

– Vous voulez mettre l'ascenseur en prison ? dit Mlle Azra.

Et les deux idiotes rient de nouveau.

Le commissaire comprend soudain que l'éclatant triomphe de son assassinat suffit précisément, par un nouveau paradoxe dans lequel il compte cette fois-ci sa psychologie pour rien, à en ternir le succès. Car si tout le monde croit à un accident, comme la concierge et la locataire de M. Requin qui sont certes des imbéciles mais elles ne sont pas les seules, ce sera difficile de faire porter la culpabilité sur qui que ce soit et ce sera un meurtre gâché de plus.

– Vous croyez à un accident ? dit Wallance. Laissez-moi rire, ajoute-t-il en essayant pour se venger à qui se moquera le plus des autres mais il n'y arrive pas.

– Vous pensez à un meurtre ? dit Mlle Kristofine. Ce serait l'idéal. Heureusement qu'Azra et moi n'avons pas croisé l'assassin, ajoute-t-elle avec un soulagement rétrospectif.

– C'est sûr qu'on parlerait encore plus de l'immeuble si c'était un acte prémédité, dit Mme Vicorette, voyant s'ouvrir l'horizon d'une célébrité inespérée. J'adhère.

– J'en ai la prémonition, dit le commissaire, et mes pressentiments ne me trompent jamais.

– Tant mieux tant mieux, dit Mme Vicorette. On devrait vous confier l'horoscope télévisé. Parce que les horoscopes tels qu'ils sont aujourd'hui, ce n'est pas du tout ça. Pourquoi je suis venue vous déranger directement alors que j'aurais pu prévenir Bernard, l'îlotier, un policier tout ce qu'il y a de plus séduisant, il doit être deux fois plus mince que vous ? Il y a encore une semaine, c'est ce que j'aurais fait. Parce que ça ne va plus du tout entre nous alors qu'il était écrit « lune de miel ». Vous savez ce qu'il a voulu me faire avec sa matraque ?

– Je ne veux pas le savoir, dit Wallance qui aurait bien aimé et estime cependant de meilleure stratégie de ne pas le laisser paraître.

– Quoi ? dit Mlle Kristofine.

– Je vous raconterai quand on sera entre nous, entre femmes, dit Mme Vicorette comme si elle avait perçu dans le refus de Wallance un faux-semblant pour en apprendre plus.

– Puisque c'est un meurtre, je vais appeler le commissariat, dit-il pour reprendre la main après ce sous-entendu salace.

Dès qu'il a donné le coup de fil, il s'en veut parce

que c'est toujours mieux d'être seul pour les premières constatations, si par malheur il a laissé tomber sa carte d'identité ou il ne sait quoi de ce genre à côté du cadavre. Mais d'ici que les autres arrivent, il a quand même le temps de corriger ses éventuelles bourdes les plus grossières.

– Le corps est à quel étage ? dit-il avec inquiétude, ces contrariétés se faisant de nouveau sentir dans son pied.

– Vous ne savez pas à quel étage vous habitez ? dit Mme Vicorette. On engage des drôles d'enquêteurs dans la police.

– Il n'y avait pas de raison qu'Azra et moi descendions du troisième à pied sous prétexte que M. Cartopic a trouvé sa dernière demeure dans l'ascenseur, dit Mlle Kristofine. Et encore moins qu'on remonte à trois à pied jusqu'au deuxième pour vous prévenir.

– Tant mieux, d'ailleurs, que l'ascenseur remarche, dit Mme Vicorette. C'est autant de frais de réparation épargnés aux copropriétaires.

– Je m'habille et j'arrive, dit le commissaire, toujours en caleçon.

Contrairement à ce qu'il espérait, les femmes restent pendant cette occupation.

– Ah, c'est là que vous rangez vos chemises ? dit Mlle Kristofine. Mais alors où mettez-vous vos slips et vos chaussettes ?

– Ici, j'ai trouvé, dit Mme Vicorette en ouvrant un tiroir.

– Mais c'est n'importe quoi, dit Mlle Kristofine.

– Quand on observe votre penderie, on voit tout de suite que vous n'êtes pas snob, au moins, dit Mme Vicorette. Ça, on ne peut pas dire que suivre la mode soit votre priorité.

– Ma priorité, dit Wallance maintenant décemment vêtu, c'est d'arrêter les innocents, je veux dire les coupables – les assassins, en un mot, quels qu'ils soient.

– Et vous allez arrêter qui pour M. Cartopic ? dit Mme Vicorette.

– Ce n'est pas si simple, il faut que j'y réfléchisse, dit le commissaire. Et d'abord, il faut faire les premières constatations, ajoute-t-il pour reprendre le cours normal de l'enquête en appuyant sur le bouton de l'ascenseur afin que la porte s'ouvre comme s'il ne les avait pas déjà faites en direct. Ah oui, je ne me rendais pas compte qu'il était si peu appétissant.

Après l'assassinat, en fait, il est immédiatement rentré dormir sans s'appesantir comme un pervers sur le tableau qu'il laissait derrière lui.

– Il faut bloquer la porte afin d'immobiliser l'ascenseur pour être sûr qu'on ne touche plus à rien.

– Il y a un bouton arrêt, dit Mme Vicorette. Il a dû être prévu spécialement pour cette circonstance.

– Mais qu'est-ce qui vous prend ? dit Wallance à Mlle Kristofine.

Non que la locataire de M. Requin se livre à un acte répréhensible. Au contraire, elle ne fait rien, laissant sa chienne s'épancher ainsi que Mme Gudulo l'en accusa hier soir pas si sottement à l'assemblée générale.

– Qu'est-ce que vous voulez que j'y fasse ? dit Mlle Kristofine. Je sortais justement pour éviter ça. Ce n'est pas de ma faute si M. Cartopic a été assassiné précisément à ce moment et avec beaucoup plus de saleté que tout ce que peut faire cette pauvre Azra diffamée.

– Mais M. Cartopic, c'est dans l'ascenseur, dit Wallance qui ne veut pas mélanger torchons et serviettes.

Car Azra, c'est sur son propre palier à lui qu'elle pisse.

– Vous n'aimez pas les animaux ? dit Mlle Kristofine.

– Les gens qui n'aiment pas les animaux, dit Mme Vicorette menaçante sans toutefois conclure.

Cette hostilité l'inquiète un peu, même s'il serait un peu fort qu'une concierge s'en prenne à un commissaire, il y a une hiérarchie dans cette société. Il cherche un petit mot gentil à dire pour tout arranger mais ça ne lui vient pas. L'ascenseur est bloqué. À première vue, Wallance n'y a rien laissé qui puisse laisser croire à sa présence sur la scène du crime. Tout est parfaitement en place pour l'arrivée des autres.

– Ne lavez rien avant que mes collègues soient là, dit-il enfin.

– Comptez sur moi, dit Mme Vicorette.

Entrée libre

– Vous n'examinez pas le cadavre ? dit Mlle Kristofine dont la culture télévisuelle est aussi considérable que celle de Mlle Oisuce.

Wallance obtempère pour ne pas éveiller de soupçons. Il se penche, mais se relève aussitôt en entendant Mme Vicorette.

– Si je ne veux pas faire comme cette pauvre Azra sur votre palier, il faut que je profite de vos W.-C., dit-elle en faisant mine d'entrer dans l'appartement.

– Pas question, dit Wallance en se relevant.

Il a une phobie de discrétion, il déteste que qui que ce soit voie l'intérieur de son appartement.

– Vous n'avez qu'à le faire chez vous, ajoute-t-il en maintenant d'un bras, douloureux, la concierge hors de chez lui.

– Je ne vais pas descendre deux étages et en remonter deux à pied, quand même, dit Mme Vicorette.

– Vous n'avez pas besoin de remonter, dit sèchement le commissaire.

Il se souvient que M. Cartopic – on avait tout de suite su que c'était lui car la concierge avait contraint tous les habitants à un test graphologique, même Wallance avait dû y passer –, un jour, avait remplacé le petit écriteau « La concierge est dans l'escalier » que Mme Vicorette avait mis sur la porte de la loge où elle était de manière mensongère, par « La concierge est dans l'ascenseur ». Il donnait un double sens à cette plaisanterie douteuse qui justifie que la concierge ait si facilement su surmonter sa peine à l'annonce visuelle de son décès : un, qu'elle était trop paresseuse pour se déplacer autrement que dans une cabine qui la porte, ce qui expliquait que l'escalier soit si mal tenu ; et deux que, puisqu'elle passait sa vie à monter et descendre de quelques centimètres, fût-ce dans son lit, il n'y avait rien que de spirituel à appeler son matelas un ascenseur.

– Mais c'est à moi que Mlle Kristofine en a parlé la première, dit Mme Vicorette, espérant que ce fait lui donnera son mot à dire dans la résolution du crime.

– C'est vous qui avez tué M. Cartopic et vous voulez entrer chez moi pour vous débarrasser de pièces à conviction, c'est ça ? dit Wallance qui ne comprend pas son insistance et a tendance à penser, parfois, que le reste de la population agit comme lui le ferait.

– Bon, dit Mme Vicorette, l'air outragé.

Elle descend.

– C'est à vous de laver, dit le commissaire à Mlle Kristofine dès qu'ils sont seuls, sachant que, s'il compte sur la concierge, ce ne sera jamais fait. Vous n'aviez qu'à moins la faire boire, votre chienne.

– Vous n'aimez pas les animaux, répète Mlle Kristofine.

Un tel soupçon enrage Wallance.

– C'est trop fort, dit-il. On ne me l'avait encore jamais dit. Moi qui ai été élevé avec un chien, ajoute-t-il.

C'est pure invention mais ça lui semble convaincant.

Quoi qu'il en soit, avant que rien ait été fait, vacarme dans l'escalier. Et arrivent respectivement à l'étage, foule qui fait hurler Azra à la mort, Fagis et Nathalie Malicorne qui, comme par hasard, déjeunaient justement ensemble, et Lavraut, Martine et la petite Anne, précédant Mme Vicorette pour qui ça vaut le coup de remonter deux étages à pied si ça dérange un copropriétaire.

– Je me suis permis d'amener ma petite famille, dit Lavraut, Martine a insisté.

– Oui, j'ai pensé que ce serait bien qu'Anne découvre l'appartement, dit Martine.

Azra, qui aboie de plus en plus fort, saute tout à coup le plus haut possible, les dents desserrées, pour tâcher d'attraper la petite Anne, heureusement blottie dans les bras de sa maman.

– Attention, dit Wallance à Martine comme si elle ne tenait pas l'enfant assez haut alors qu'il s'en est bien fallu de cinquante centimètres qu'Azra puisse lui faire le moindre mal.

– C'est agréable d'être reçue ainsi, dit sèchement Martine en embrassant Wallance, trop près des lèvres au goût du commissaire.

– Un meurtre dans votre immeuble, commissaire Liberty, dit Fagis. Quelle histoire. Qui sait si ce n'est pas vous qu'on visait ?

– Ah mais oui, tu n'es pas bête, Damien, dit Nathalie Malicorne.

– J'y ai pensé tout de suite, dit Wallance, ce qui est inexact. Mais rien ne me freinera dans ma tâche, ajoute-t-il pour faire comprendre qu'il est plutôt du genre héros que victime, avis aux amatrices.

– Il n'a pas son portefeuille sur lui, dit Fagis qui s'est penché sur le cadavre comme aurait dû faire Wallance mais ils n'ont pas le même âge ni les mêmes rhumatismes, non plus.

– Très bien, dit Mlle Kristofine.

– Le vol est donc le mobile du crime, dit Wallance.

– Bien fait, dit Mme Vicorette.

Cette réflexion semble mystérieuse à toute l'assistance et s'explique en vérité, outre l'affaire de l'écriteau, par le fait que M. Cartopic passait son temps à montrer son portefeuille bourré de billets à la concierge en lui disant « Vous n'en aurez jamais autant » et en riant.

– Ils sont hauts, vos étages, dit le divisionnaire Gou en faisant à son tour son apparition, accompagné du juge Aramandes.

Toujours ensemble à ne rien fiche, ces deux-là. Quand Wallance pense que c'est lui plutôt qu'eux deux que Nathalie Malicorne accuse d'être homosexuel. Il est vrai qu'il suspecte fortement la Guadeloupéenne de pouvoir témoigner en faveur de l'hétérosexualité conjuguée du magistrat et du divisionnaire, ceux-ci ne s'en cachant d'ailleurs pas.

– On déjeunait dans le quartier quand on a appris la nouvelle, j'ai tenu à être un des premiers à vous présenter mes condoléances, Liberty, reprend Gou. C'est un voisin, un de vos propres voisins, si j'ai bien compris, qui a subi ce sort éprouvant ?

– Oui, du sixième, monsieur le divisionnaire, dit Wallance.

– Ah ? Du sixième, dit le juge Aramandes, comme si c'était un élément important de l'enquête, plein de sens pour une intelligence comme la sienne.

– Le deuxième, c'est bien suffisant pour moi. Je vais me reposer une minute chez vous, Liberty, dit Gou.

– Vous avez un mandat, monsieur le divisionnaire ? dit Wallance pris de court.

– Toujours le mot pour rire, Liberty, dit Gou en poussant sans sourire la porte de l'appartement et s'y introduisant sans gêne.

– Moi aussi, ça ne me fera pas de mal de m'asseoir, dit Martine en le suivant. C'est que ça pèse quand même, une petite chose comme ça dans les bras, ajoute-t-elle en désignant Anne.

– Mais ce n'est pas une petite chose, c'est une merveilleuse enfant, dit Wallance pour résister au moins sur un point.

– Ce n'est pas grand chez vous, dit Aramandes en entrant à son tour, sans prétexte.

– Je n'avais jamais vu l'intérieur, dit Mme Vicorette, trop contente de se réengouffrer dans l'appartement qu'on lui interdisait il n'y a pas un quart d'heure.

– C'est un vrai studio de célibataire, dit Nathalie Malicorne, suivant le mouvement. On voit qu'il ne doit pas y avoir souvent une femme chez vous pour arranger tout avec goût.

– Comment ça ? dit Martine, d'autant plus vexée qu'une concurrence existe en permanence à ses yeux entre elle et la Guadeloupéenne avec qui elle voit bien que le commissaire ne répugnerait pas à partager sa couche.

– C'est plus qu'un studio, c'est un deux-pièces, dit Wallance, fier de cette dénomination, même si le coin cuisine à un mètre du lit ne donne en effet pas une impression d'opulence, mais il a un petit débarras qu'il élève au rang de seconde pièce.

S'il veut revendre, c'est important.

– Moi, j'ai tout un pavillon, avec mon épouse et les enfants, dit Fagis. Et on est à Paris en dix minutes de RER. Ça ne vous dirait pas, commissaire Liberty ?

– C'est un palace, pour moi, ici, dit Wallance dans l'espoir déçu de faire partager ce sentiment à l'ensemble de l'assistance.

– J'ai le même appartement à l'étage du dessus, mais je l'ai arrangé tout à fait différemment, dit Mlle Kristofine. Si ça vous intéresse de venir constater, messieurs dames.

– Vous n'avez pas un grand lit, commissaire Liberty, dit Nathalie Malicorne. C'est évident que, pour vous, le travail passe avant tout.

– Ça, on peut le dire, commissaire, dit le fidèle mais peu habile Lavraut.

– Comment ça ? dit Martine qui se sent humiliée par son propre mari, comme si elle comptait pour du beurre aux yeux de son amant. Et pourquoi les draps sont défaits à cette heure-ci, commissaire Liberty ?

Quand il s'est levé prématurément de sa sieste, Wallance était décidé à ne pas ouvrir sa porte et donc encore moins à imaginer qui que ce soit mettant les pieds chez lui, de sorte que le lit, en effet, n'est pas dans l'état impeccable où aurait dû le laisser un infatigable travailleur.

– Je me reposais, dit-il. J'ai un boulot fou en ce moment avec cette réunion de copropriétaires hier soir et comment ça a tourné.

– Est-ce que vous n'auriez pas un petit thé, Liberty ? J'avoue que ça ne me ferait pas de mal avant de m'attaquer à une enquête aussi délicate, dit Gou.

Alors que, tel que Wallance le connaît, le divisionnaire va passer l'après-midi à siroter un thé après l'autre en donnant distraitement des instructions et bavardant avec Aramandes, c'est ça qu'il appelle travailler.

– Très bonne idée, dit en effet le magistrat. Moi aussi, c'est un thé qu'il me faut.

La façon dont les deux hommes sont assis manifeste qu'il ne faut pas compter qu'ils se lèvent dans un avenir proche.

– C'est que je ne sais même pas si j'ai du thé, moi-même je n'en bois pas – c'est tout ce que Wallance trouve à rétorquer.

– Je m'en occupe, j'ai l'habitude, dit Martine.

Quand elle couche avec le commissaire Liberty, il faut bien qu'elle fasse ensuite le thé elle-même, sinon elle n'en boirait pas.

– Martine se moque, dit Lavraut. À la maison, le thé, c'est mon affaire.

– Je trouve que c'est fade, le thé, dit Mme Vicorette. Parlez-moi café ou chocolat, quand on aime la vie on ne boit pas de thé, ajoute-t-elle, ne voyant aucun inconvénient à être désagréable avec plusieurs personnes d'un coup.

– C'est sûr que n'importe quel gosier ne peut pas apprécier le thé, c'est une éducation, chère madame, dit Gou avec sa politesse condescendante habituelle.

– Quand j'étais enfant, je n'en buvais jamais, confirme le juge Aramandes.

– Est-ce qu'il ne faudrait pas examiner soigneusement le cadavre ? dit Fagis.

– Excellente idée, dit Gou tandis que l'eau bout.

– C'est ça, que tout le monde sorte faire les premières constatations, dit Wallance qui y voit une occasion de diminuer la densité humaine dans son appartement.

– Ce n'est pas mon travail, dit Mme Vicorette.

– Ni le mien ni celui de la pauvre Azra, dit Mlle Kristofine. Vous ne pouvez pas ouvrir la fenêtre ? Vous voyez bien que cette chienne hurle à la mort, la malheureuse est claustrophobe.

– C'est qu'il fait froid, dit Wallance.

– Avec un bon thé chaud, on ne risque rien, dit Gou.

– Tenez, occupez-vous-en, commissaire Liberty, dit soudain Martine en fourrant dans ses bras Anne en pleurs terrorisée par les aboiements et les sauts d'Azra, comme si ça réclamait une dextérité et une sensibilité particulières d'attendre que l'eau bouille.

– Il n'avait plus son portefeuille mais il avait ses clés sur lui, dit Fagis en rentrant avec Lavraut. Où il habitait, ce M. Cartopic ?

– Au sixième, dit Mme Vicorette. Je vais vous montrer si on peut maintenant utiliser l'ascenseur.

Mais on ne peut pas car vient d'arriver le docteur Murat qui préfère examiner le cadavre dans son environnement naturel.

– Je viens avec vous, dit Wallance.

Il pense à l'instant que c'est à lui de récupérer et faire disparaître le portefeuille oublié de la victime s'il veut que la thèse du vol tienne toujours.

– Vous prendrez bien une tasse avec nous, Liberty, dit Gou. Il n'y a pas urgence pour là-haut, Fagis, Lavraut et notre belle Nathalie s'en occuperont très bien sans vous, pour une fois. Faites-nous plutôt les honneurs de votre demeure, modeste autant qu'auguste, ajoute-t-il avec son style et son vocabulaire de divisionnaire, il se sentirait diminué s'il parlait comme ses subordonnés.

– J'aurais plutôt dit « auguste autant que modeste », corrige Aramandes en riant.

Ces deux-là sont faits pour s'entendre à finasser comme des linguistes sans que personne y comprenne rien. Ils sont juste heureux d'évoluer dans leur sphère privée.

– Je ne peux pas monter juste une seconde chez M. Cartopic, monsieur le divisionnaire, s'il vous plaît ? dit Wallance.

C'est embêtant, le coup du portefeuille, d'autant que, une fois qu'il l'aura en sa possession, il pourra le mettre dans la poche de qui il voudra – « ou qui je pourrai, soyons modeste », comme il l'écrit dans un des carnets –, et celui ou celle-ci aura bien du mal à convaincre qu'il ou elle n'est pour rien dans l'assassinat du vieux.

– Allez, restez et buvez, dit Gou à qui Martine a déjà versé une tasse. Vous n'allez pas nous faire un caprice, Liberty.

– Vous n'aimez pas mon thé, commissaire Liberty ? dit Martine menaçante.

– Et puis, l'appartement d'un assassiné, je ne sais pas si c'est un spectacle recommandable pour une enfant, dit Aramandes.

Wallance a toujours Anne dans ses bras mais elle a déjà passé cinq minutes dehors en présence non de l'appartement de l'assassiné mais de l'assassiné lui-même. Il est vrai que, avec l'écrasement complet de la tête, il a perdu tout caractère humain, diminuant d'autant sa puissance traumatisante. Le commissaire ne sait plus comment gagner du temps.

– Et d'abord, dit-il, pourquoi monter chez M. Cartopic ? Qu'est-ce que ça peut nous apprendre sur le crime ?

Il a déjà dit son pressentiment que c'en est un et tous ses collègues, supérieurs ou inférieurs hiérarchiques, ont mille fois fait l'expérience que ses prémonitions se confirment.

– Comment ça ? disent d'une seule voix Fagis, Lavraut et Nathalie Malicorne, Gou et Aramandes trouvant plus distingué de lever seulement les paupières pour manifester leur surprise, retirant en outre la tasse de leurs lèvres.

– L'assassin ne s'y serait pas pris autrement s'il avait voulu nous laisser penser que c'est M. Cartopic, dit Wallance. La victime porte les vêtements dont Mme Vicorette et Mlle Kristofine nous assurent que ce sont ceux de M. Cartopic.

– Mais oui, il était habillé comme ça quand je lui ai déposé le courrier ce matin, dit la concierge.

– Mais si c'est bien M. Cartopic, pourquoi lui a-t-on écrasé la tête jusqu'à le rendre méconnaissable ? continue le commissaire. Ce n'est pas la première fois que nous sommes confrontés à un cas semblable et en combien d'occasions n'avez-nous pas dû constater en définitive que la victime n'était pas celle que nous croyions au premier abord ?

– Très juste, dit Mlle Kristofine. Je regarde souvent la télévision, pour m'instruire, et dans 100 % des cas, c'est exactement comme dit monsieur l'inspecteur dont je ne croyais pas qu'il était si malin.

– Judicieux, dit Gou.

– C'est une déduction digne d'un magistrat, dit Aramandes.

– Mais bien sûr que c'est M. Cartopic, dit Mme Vicorette. Il manque la dernière phalange de l'annulaire gauche au cadavre comme il manquait à M. Cartopic. En a-t-on assez entendu parler, de sa blessure de guerre ? Il avait plutôt dû se faire ça en volant dans les parcmètres ou les églises, oui.

– Et Azra a aboyé dès qu'elle a vu le cadavre et elle a toujours détesté M. Cartopic, dit Mlle Kristofine. Bien sûr que c'est lui et sa sale odeur qui ne trompe pas les chiennes.

– Vous auriez dû regarder, flairer un peu tout ça, Liberty, dit Gou. Mesdames ont raison.

– Tout le monde ne peut pas s'improviser magistrat, dit Aramandes.

– Raté, ricane méchamment Mme Vicorette en se tournant vers le commissaire.

C'est l'envers d'avoir si peu de rapports avec ses voisins, on est mal informé de leur existence. Wallance s'en veut de s'être couvert de ridicule mais, d'un autre côté, il faisait ça pour gagner du temps et c'est chose faire.

– Bon, je monte avec vous, dit-il à Lavraut, Fagis et Nathalie Malicorne.

Ne pas les laisser seuls chez M. Cartopic, c'est tout ce qu'il réclamait.

Au sommet

« Quoi qu'on fasse, mieux vaut le faire sans complice. » Cette notation, extraite de ses carnets, en dit long sur Wallance. Elle n'aurait rien pour séduire Martine si elle la lisait, comme si le coït lui-même, par le fait de la méfiance instinctive du commissaire, était forcément une activité solitaire. Mais ce n'est pas à ça qu'il fait alors allusion. Il développe en expliquant à quel point, jusque dans les romans policiers, la qualité de l'ouvrage est gâchée lorsque l'auteur en arrive à multiplier l'assassin, rendant possibles, mais à quel prix littérairement parlant ? les crimes apparemment les plus impossibles. Néanmoins, si la nécessité prend le commissaire d'exprimer cette idée précise à cet instant précis de ses carnets, c'est en évoquant la situation lorsqu'il doit quitter son appartement envahi pour grimper à pied jusqu'au sixième récupérer en cachette le portefeuille pas du tout disparu de M. Cartopic définitivement identifié. Ce dernier point, au demeurant, n'est pas une catastrophe. Le commissaire n'avait évoqué un échange d'identité que pour parer au plus pressé mais il aurait été le premier à être embêté s'il avait fallu déterminer qui était la victime si pas M. Cartopic, ce qui aurait posé moult problèmes pour bâtir le roman aboutissant à l'arrestation d'un assassin vraisemblable.

Donc Wallance doit monter au sixième pour se mettre dans la poche une pièce à conviction décisive, plus qu'un indice, une preuve, mais Fagis et Malicorne grimpent les marches quatre à quatre, Lavraut deux par deux par délicatesse, tandis que lui-même a du mal une à une, devant faire de petites pauses comme M. Cartopic hier, ce qui ne présage rien de bon. C'est pourquoi, exceptionnellement, il se souhaiterait un complice, une organisation certes réduite où il serait la tête et où il y aurait quand même des jambes. C'est devant l'impossibilité d'y parvenir qu'il juge nécessaire d'estimer les raisins trop verts, les entreprises collectives exclusivement destinées aux goujats et le travail solitaire préférable à tout autre.

Ce qui n'empêche qu'il est bien embêté. Il n'est pas arrivé au troisième que Fagis et Nathalie Malicorne atteignent le palier de chez M. Cartopic. Wallance a alors une idée.

– Allez directement voir dans le salon, hurle-t-il. Regardez bien partout et faites attention aux courants d'air.

M. Cartopic lui ayant précisé que le portefeuille était sur la tablette de l'entrée faite pour ça, l'urgence est d'en éloigner les collègues. Il les a suffisamment habitués à la justesse de ses pressentiments pour être persuadé qu'ils se précipiteront d'emblée dans le salon, espérant ainsi poser des jalons pour une éventuelle augmentation ou simple prime avant que Lavraut et a fortiori le commissaire Liberty lui-même puissent la leur disputer. La précision sur les courants d'air, ça lui est venu comme une intuition, il lui semble que ça fait bon effet et que ça ne peut qu'inciter ses subordonnés à fermer une éventuelle porte entre l'entrée et le salon, rendant plus difficile de distinguer quoi que ce soit dans celle-là.

Un peu rassuré, il continue à monter à son pas. Ça lui prend un bon moment et il se hisse en définitive au sixième fatigué quand même, et énervé. À quoi sert une sieste si on vous réveille en plein sommeil pour vous faire faire un effort physique violent, à cinquante-quatre ans dont trente-deux de maison ? Par « maison », il désigne là la police, n'habitant 59 *ter*, rue Jeanne-d'Arc que depuis 1981.

Lavraut l'accueille gentiment quand il arrive enfin, ce qui l'agace puisqu'un complice est un témoin et un témoin un maître chanteur en puissance, aussi le renvoie-t-il illico dans le salon comme s'il préférait que ce soit son fidèle subordonné plutôt que les autres qui trouve quelque chose d'intéressant et puisse grappiller une éventuelle prime ou jusqu'à une augmentation. Lavraut s'exécute.

Wallance ne reste pas seul trois secondes. Il saisit, ultravisible dès qu'on regarde la tablette (faut-il que M. Cartopic ait été bête pour avoir réussi à l'oublier), le portefeuille de l'assassiné qu'il met dans sa poche de veste et entre du même pas dans le salon pour demander des nouvelles.

C'est un spectacle des plus plaisants, dans le salon. Si Lavraut se contente de regarder par la fenêtre d'où aucune solution ne devrait cependant surgir, Fagis et Nathalie Malicorne sont chacun à quatre pattes à une extrémité de la pièce, et Wallance se frotte les mains, dans cette position-là les subordonnés perdent la plupart de leurs défauts et se révèlent « plus charmants qu'agaçants ». Aucune connotation sexuelle ne s'attache à cette remarque concernant Fagis, mais on doit être moins bien placé pour faire le fier par la suite quand on vient de se traîner comme un chien aux pieds de son supérieur, même si ce n'est pas du tout l'esprit de la situation. Mais il y a des instants où le commissaire Liberty est prêt à tout sacrifier pour la lettre.

– On ne trouve rien, commissaire Liberty, dit Nathalie Malicorne un peu sèchement, comme si Wallance était responsable de leur incompétence.

– On ne doit pas chercher au bon endroit, commissaire Liberty, dit Fagis, décidément traumatisé par le risque de n'arriver à rien et la jouant désormais profil bas.

– C'est sûr que si on cherche au bon endroit, on trouve, dit Wallance en tapotant distraitement sa veste au niveau de la poche intérieure.

C'est peut-être lui qui a eu le plus de mal à monter au sixième mais c'est comme s'il était arrivé au sommet et que c'était lui qui avait l'air le plus frais, maintenant.

– Bon, ajoute-t-il, débrouillez-vous comme vous voulez. Moi, je redescends.

Avoir laissé tous ces gens seuls dans son appartement ne lui dit rien qui vaille. Il est pressé d'y retourner, non sans prendre une seconde pour tremper son doigt dans le sang de M. Cartopic en arrivant au deuxième, afin de disposer d'une pièce à conviction supplémentaire à déposer sur qui il voudra quand viendra le moment de la résolution de son assassinat.

« Mais qui es-tu, Popaul ? »

Wallance n'a pas le sentiment de s'être absenté si longtemps quand il rentre dans son appartement, dont la porte est toujours grande ouverte et d'où sort un infâme brouhaha, pourtant c'est la débandade. Il a beau avoir pris possession du portefeuille de M. Cartopic, des événements pas trop plaisants se sont produits. C'est-à-dire que, maintenant, il y a vraiment foule chez lui. Remué par l'assemblée générale, M. Requin est venu faire la leçon à Mme Vicorette et, ne la trouvant pas dans sa loge, est monté en ascenseur jusqu'au sixième (les policiers ont dû le rater de peu) pour descendre à pied les étages un à un à sa recherche. Entendant du bruit, il a passé la tête chez Wallance et la concierge lui a dit d'entrer, autorisation dont a aussi bénéficié M. Blast. Loin d'être en train de diriger son laboratoire de recherche, celui-ci passait tranquillement l'après-midi chez lui et, dérangé par le vacarme dans sa sieste plus prolongée que celle de Wallance, est remonté jusqu'à sa source et est maintenant aussi dans l'appartement. Idem pour Mme Gudulo, dont le seul travail est d'attendre qu'Armand rentre du collège et n'a donc pas hésité à l'interrompre pour visiter le studio d'un voisin qu'il s'échine à faire passer pour un deux-pièces et qui est bel et bien un studio, selon elle, et pas merveilleusement décoré. Mme Germinal a profité de circonstances assez proches pour être elle aussi en situation de donner son opinion sur l'ameublement et le mode de vie du commissaire.

Un grand et gros homme, l'allure d'une brute, est également là. C'est Thierry, l'amant de Mme Vicorette, qui a l'ambition de reprendre son *coïtus interruptus* et le fait clairement savoir à sa partenaire, n'ayant pas les mêmes opinions que Wallance quant à la suprématie des relations solitaires.

Lorsque le commissaire entre, Fagis, Lavraut et Nathalie Malicorne sur ses talons qui n'ont plus jugé utile de s'éterniser si lui-même s'en allait, le docteur Murat est en train de pérorer sur les dommages irrémédiables portés au crâne de M. Cartopic par la porte coulissante détraquée de l'ascenseur.

– Personne n'y aurait résisté, dit le légiste comme si quelqu'un avançait une opinion contraire. Si c'est un meurtre, c'est un meurtre extraordinairement sophistiqué qui réclame une préméditation d'enfer.

– Contentez-vous des constatations médicales, dit Wallance. Il y a des gens plus compétents que vous pour mener l'enquête, ajoute-t-il en imaginant de laisser délicatement le portefeuille de M. Cartopic dans la mallette de service du médecin afin de s'en débarrasser une fois pour toutes, mais y renonçant pour jouir le plus longtemps possible de l'incertitude.

Qui sera nommé coupable parmi cette masse d'assassins potentiels ?

– Ne parle pas sur ce ton à un médecin qui a fait des études beaucoup plus difficiles que les tiennes, dit Mme Wallance que le commissaire n'avait pas encore remarquée. Excusez-le, docteur, je vous jure que ce n'est pas l'éducation que je me suis efforcée de lui donner.

– Ne vous inquiétez pas, madame. Je suis habitué à ce que mes diplômes provoquent une certaine aigreur dans le milieu où je travaille, dit Murat, comme si la police était partie négligeable de la médecine.

Ce n'est pas de la faute de Wallance si le docteur n'a pas eu les compétences suffisantes pour s'installer à son compte.

– Ça fait plaisir de te revoir, mon Liberty chéri, dit Kevin Rocamadour en lui sautant au cou devant tout le monde.

Depuis que le jeune homosexuel en est amoureux, il fait sans le vouloir la vie impossible à Wallance.

– Je ne vous permets pas, tente de se débattre le commissaire qui passe souvent du tutoiement au vouvoiement avec le jeune garçon, donnant du poids à l'existence de la relation supposée entre eux par le trouble que Kevin Rocamadour apporte immanquablement chez lui.

– Je suis venue à Paris pour l'enterrement de la pauvre Désirée, tu te souviens de Désirée, mon garçon ? dit Mme Wallance. Celle qui t'avait donné la fessée tout nu devant tous tes amis quand tu avais renversé exprès ton jus d'orange sur la nappe et que tu avais après quémandé à boire toute l'après-midi, ah ah ah. Eh bien, elle est morte, la pauvre. Et tu sais qui est la première personne que j'ai rencontrée gare de Lyon (la vieille femme prend sa retraite d'institutrice à Saint-Étienne) ? Kevin, ton chéri que tu n'oses pas assumer devant moi, ce qui est une nouvelle preuve à mes yeux que tu ne le mérites pas. Un garçon qui a le courage de ses opinions sexuelles, je suis de son temps.

– Ah ? Je ne savais pas, dit Mme Gudulo.

– Alors ça, dit M. Blast. Je me demande si l'homosexualité n'est pas une affaire de chromosomes, la science a son mot à dire sur l'amour.

– Ce n'est pas un peu petit, à deux ? dit en faisant des yeux le tour du studio M. Requin à Kevin

Rocamadour tout en donnant un coup de coude se voulant complice dans les côtes douloureuses de Wallance.

– Et moi qui avais peur quand je vous croisais toute seule le soir, je vous trouvais le regard vicieux, dit Mlle Kristofine. Si j'avais su que je ne risquais rien, ajoute-t-elle en riant.

– C'est ici, cet enculé de commissaire Wallance ? dit une voix à la porte.

– Mais oui, entrez, dit Mme Vicorette.

C'est Théodore Rouxi, le SDF qu'il a fallu innocenter de l'abominable meurtre cependant sans violences sexuelles de la pauvre petite Rosa. Il est passé avec son chien, puceux, d'une race minable, pour insulter le commissaire à qui il en veut des claques, en définitive, expliquant rapidement pourquoi.

– Alors, connard, c'est toi qui gifles avec ta montre ? dit-il. Un ami avocat m'a dit que je pouvais me faire plein de thunes à te faire chanter.

– C'est vrai que vous frappez des suspects avec des objets contondants, monsieur le commissaire ? dit Aramandes.

Il reprend ses distances avec Wallance, pourtant ami des années estudiantines, parce que rien n'est plus important pour lui que la prééminence de la justice sur la police, et il n'est jamais aussi content que lorsqu'il peut faire la leçon à un fonctionnaire de l'Intérieur.

– Une montre ? Contondante ? Vous y allez fort, monsieur le juge, dit Gou, préservant son territoire.

– Vous m'imaginez, moi, faire une chose pareille ? dit Wallance sur la défensive, Lavraut mais surtout Fagis et Nathalie Malicorne étant témoins de son faux témoignage.

Ils n'ont cependant rien à gagner à le dénoncer, n'ayant pas été eux-mêmes d'une douceur angélique. Et puis ce n'est pas quelqu'un, un SDF, qu'on n'a relâché que faute de preuves, il n'aurait pas eu d'alibi tout concordait, qui va se plaindre plutôt que de les remercier parce qu'il a passé une mauvaise après-midi alors qu'il aurait pu se faire violer tous les soirs dans sa cellule de centrale pendant vingt ans, s'ils n'avaient pas eu l'équanimité de vérifier ses déclarations.

– Tu as perdu ta montre ? dit Mme Wallance, stupéfaite de ne plus la découvrir au poignet du commissaire où elle a regardé après la déclaration de Théodore Rouxi.

– Mais pas du tout, tu penses bien, maman, dit le commissaire. Mais c'est vrai qu'elle ne marche plus pour l'instant et.

– Il l'a cassée, hurle Mme Wallance. Il a cassé la montre héritée de son père. Mais quel fils es-tu, Popaul ?

Depuis l'anniversaire de ses sept ans, il déteste ce diminutif, comme certains en ont fait la triste expérience qui ne sont plus là pour la raconter [1].

On est actuellement vingt-trois, vingt-cinq en comptant les chiens, à se marcher sur les pieds dans le studio de Wallance, ce qui est doublement douloureux pour lui, à savoir pour son pied et pour sa phobie. Dans un carnet, racontant cet épisode, il qualifiera Séraphin Lampion, l'envahisseur du château de Moulinsart au grand dam du capitaine Haddock, de « fêtard du dimanche », expression au

1. Voir *Le Collège du crime.*

demeurant sujette à caution, par rapport à ce que lui-même doit subir en cet instant. Et c'est sûr que ça ne manque pas d'animation, Kevin Rocamadour ayant mis de la musique, allumé la télévision et s'apprêtant à introduire un DVD dans le lecteur.

– Kevin, ce chéri, m'a proposé de passer chez toi. Il disait qu'il ne serait pas étonné que tu fasses une petite sieste crapuleuse et que ce serait bien fait de te déranger, dit Mme Wallance. L'état de tes draps me laisse soupçonner qu'il ne s'était pas trompé. Tu n'as pas honte de dévoiler ainsi ton intimité à tout le monde ? On nettoie chez soi quand on reçoit.

– Mais c'était une sieste tout ce qu'il y a de bonhomme, dit de bonne foi Wallance. Je ne reçois personne, je résous une enquête, que tout le monde s'en aille, ajoute-t-il en des phrases contradictoires auxquelles personne ne prête attention.

– Ne vous inquiétez pas pour votre fils, cher madame, dit Gou. On l'aime bien quand même.

– Au fond, c'est un bon bougre, dit Aramandes. Mais s'il a injustement brisé la montre de son propre père contre un suspect, c'est grave.

– Merci, dit Mme Wallance.

– Est-ce que c'est mon genre, la brutalité ? dit Wallance.

– Moi, Liberty a toujours refusé de me frapper, dit Kevin Rocamadour. C'est un sadique s'il ne tape que les mecs qui ne veulent pas.

– Mollo la tapette, dit Théodore Rouxi. Moi, ça ne me fait pas bander de prendre des coups.

– Tu te souviens, Liberty chéri, quand on a regardé ce porno, *Un amour de chien*, justement ici ? dit Kevin Rocamadour[1]. Je n'avais jamais vu des choses pareilles, je ne sais pas si Azra ou votre chien à vous, monsieur, accepterait de jouer dans un film pareil.

– Vous êtes homosexuel ou zoophile, monsieur le commissaire ? dit sévèrement le juge Aramandes.

– Mais pas du tout, dit Wallance. C'est un malentendu. Il était très mauvais, ce film.

– Et est-ce que vos collègues savent que vous vous conduisez comme une chienne dans l'ascenseur ? dit Mme Vicorette.

---

1. Voir *Au beau milieu du sexe.*

– Comme une chienne ? Dans l'ascenseur ? dit Gou, prêt à beaucoup de concessions mais quand même. Maîtrisez vos pulsions, Liberty.

– Avec qui tu as fait ça dans l'ascenseur, Liberty ? dit Kevin Rocamadour. Alors que quand c'est avec moi, il n'y a jamais assez de discrétion.

– Au moins, tu te lâches, dit Mme Wallance. J'aime mieux ça que si tu refoulais tout comme un malade, mon garçon.

– Il urine dans l'ascenseur, un homme de cinquante-quatre ans, précise Mme Vicorette. Comme Azra, comme une chienne.

– Mais jamais de la vie, dit Wallance qui déverse toute son indignation sur la dernière calomnie de la série, pas forcément la plus insultante.

– Ce n'est pas moi qui le dis, c'est Mme Gudulo, dit Mme Vicorette. On m'a répété qu'elle l'avait dit jusque devant M. Descheuminaux, grâce à quoi M. Descheuminaux n'est plus de ce monde. Ça vous montre à quel point ça doit être vrai.

– Exactement, dit Mme Gudulo, le mot, malgré sa précision et sa conviction apparentes, laissant place à de multiples interprétations.

– Escroc, dit Mme Germinal.

– Bon bon bon, dit Gou dans la croyance que tout le monde l'acceptera immédiatement comme maître de cérémonie, modérateur.

– Enculé, tapette, crie Théodore Rouxi à Wallance. Il est déjà tellement pisseux, ton studio de merde, ajoute-t-il avec cette manie courante chez les êtres peu alphabétisés d'exagérément mêler les excrétions les plus diverses, que tu devrais pisser par terre ou sur tes murs plutôt que dans l'ascenseur.

– C'est vrai que ce n'est pas gai, chez vous, commissaire Liberty, dit Nathalie Malicorne.

– Ça, j'ai toujours fait ce que j'ai pu, mais il n'a jamais eu le moindre goût, dit Mme Wallance. Je suis désolée.

– Je ne suis pas d'accord, dit Martine qui le prend contre elle, comme si le commissaire n'était pas amateur de belles femmes.

Anne est de nouveau dans ses bras depuis que Wallance est monté voler le portefeuille de M. Cartopic. En manifestant son mécontentement, elle hausse les épaules et ouvre les bras, de sorte que l'enfant tombe. Sur le lit où elle ne peut pas se faire mal, mais ça ne fait quand même pas de la publicité à l'amour maternel. Le commissaire se précipite pour serrer contre lui sa fille en larmes.

– Excusez-moi, Lavraut, excusez-moi, Martine, mais je ne peux pas m'empêcher d'y penser chaque fois que je vois la petite Anne : Dieu que cette enfant est laide, dit Mme Wallance.

– Je dois dire, dit Gou.

– Affreuse, dit Mme Vicorette. Ça pourrait presque être votre fille, ajoute-t-elle pour Wallance.

– C'est sûr que si les enculés avaient des filles, c'est celle-là que vous auriez, connard, tapette, dit Théodore Rouxi.

– Monsieur, je vous serais reconnaissant de mettre un terme à vos grossièretés, dit Gou au SDF, énervé que son autorité soit contestée. Quelqu'un qui a presque assassiné la petite Rosa.

– Il assassiné la pauvre petite Rosa ? dit Mme Vicorette indignée.

– À un alibi près, précise honnêtement Fagis.

– Ça n'a tenu à rien, confirme Nathalie Malicorne. Je n'aurais jamais dû vérifier auprès du docteur Schlurp.

– Ça n'aurait rien changé, dit imprudemment Théodore Rouxi. C'est un ami, le docteur Schlurp.

– Que voulez-vous dire par là ? dit immédiatement Wallance.

– Non, rien, dit le SDF qui comprend qu'il a fait une idiotie. Je veux juste dire que, même si je n'avais pas été chez lui, il aurait dit que j'étais chez lui. C'est ce que je pense. Mais on ne pourra jamais savoir puisque j'étais vraiment chez lui.

– Est-ce que tout ça ne serait pas un peu louche ? s'interroge Aramandes à voix haute avec cette propension des magistrats à faire partager leurs monologues intérieurs qu'ils jugent instructifs pour l'ensemble de la population.

Ça fait penser à Wallance qu'il a deux meurtres à distribuer, s'il veut : en plus de celui de M. Cartopic, il y a toujours celui de la petite Rosa de libre.

« La tolérance, il y a des seuils pour ça »

On peut accuser le commissaire de beaucoup de choses, mais pas de pratiquer sournoisement la censure. Quand il veut faire taire quelqu'un, il opère de manière radicale. En attendant, c'est la liberté d'expression qui se donne peu sympathique cours dans son appartement.

– C'est très bruyant, chez vous, commissaire Liberty, dit Nathalie Malicorne.

Il comprend immédiatement que c'est un handicap supplémentaire pour prétendre y attirer la resplendissante Guadeloupéenne.

– Mon pavillon, c'est un bonheur, dit Fagis. On

ne se croirait jamais à seulement dix minutes de Paris, un calme.

– Mais c'est très bien situé, la rue Jeanne-d'Arc, commissaire, dit le fidèle Lavraut. On est à deux pas du lion de Belfort.

– Pas si près que ça, dit Martine. Il faut marcher pour rattraper le RER, ajoute-t-elle, ayant déjà fait l'expérience quand elle devait repartir chez sa mère en banlieue.

– Il est bon, le docteur Schlurp ? dit Gou. Moi, je suis très satisfait du docteur Duval de la Bouchery, qui m'a l'air le plus honnête.

– Comme c'est curieux, dit Aramandes. C'est aussi mon médecin.

– Ah, vous êtes fana des revolvers, dit Ben en remarquant la collection du commissaire dont celui-ci n'est pas trop fier, cachée derrière son lit.

– C'est pour être sûr de pouvoir tirer plusieurs coups à la suite que vous les avez mis à côté de l'oreiller, dit Elsa en riant.

Benjamin, que tout le monde appelle Ben, et Elsa sont un jeune couple présumé sympathique et très amoureux qui habite sur le même palier que Wallance. Ils sont étudiants. Ils travaillaient, le bruit les a alertés et eux aussi sont passés à la petite sauterie improvisée chez le commissaire.

Anne s'est échappée des bras de son père génétique et marche à quatre pattes en pleurant sur les draps pour essayer d'aller jouer avec les revolvers.

– Filez-moi plutôt un feu à moi qu'à cette horreur, dit Théodore Rouxi. Je vais faire le ménage chez les flics corrompus, moi.

– Je ne suis pas de la police, personnellement, dit M. Nimerde.

– Mais moi non plus, pas du tout, dit Mme Nimerde. Tu aurais dû lui dire, Robert. Ni mon époux ni moi n'avons rien à voir avec cette corporation, cher monsieur, ajoute-t-elle pour le SDF qui n'a cependant pas pu faire un pas dans la pièce, faute de place, et reste désarmé.

Il règne chez Wallance une atmosphère proche de celle qui a valu sa célébrité à la scène dite de la cabine dans le film *Une nuit à l'opéra*. Ce n'est rien de dire qu'on est les uns sur les autres. Mais le commissaire déteste qu'on le prenne pour un Marx Brother, il ne tue pas pour rigoler.

– Ça m'inquiète, de voir autant d'armes dans l'immeuble, dit Mme Vicorette. Ce n'est pas de chance que M. Cartopic n'ait pas été tué par votre revolver, ajoute-t-elle moins in petto qu'elle aurait dû.

Le commissaire en tire la conclusion qu'elle aurait été prête dans ce cas à l'accuser lui comme lui-même va accuser quelqu'un dont il se demande maintenant si ça ne devrait pas être elle. Vu l'état d'esprit de la concierge, ce ne serait que justice. On ne pourrait même pas l'accuser de se venger puisque Mme Vicorette n'a pas eu l'occasion de le mettre en cause. La pré-vengeance, c'est l'idéal.

– Je peux vous assurer que c'est la porte coulissante de l'ascenseur qui a provoqué l'effroyable mort de la victime, dit le docteur Murat. Personne n'y aurait résisté, ajoute-t-il stupidement une fois de plus.

– Si le docteur le dit, j'aurais tendance à le croire, dit M. Blast. Ce sont toujours les scientifiques qui connaissent le mieux le monde, croyez mon expérience.

– Vous louez combien cet appartement ? dit M. Requin, qui sait pourtant de la veille que Wallance est copropriétaire.

– À propos, dit Mlle Kristofine, j'ai vu un avocat qui m'a assuré que votre dernière augmentation de loyer était l'illégalité même, monsieur Requin. Alors ne vous étonnez pas de recevoir une mise en demeure dès demain.

– Escroc, dit Mme Germinal.

– Vous aussi, chère mademoiselle Kristofine de fine, vous aurez une mise en demeure, et de déguerpir, dit M. Requin hors de lui. Comment pouvez-vous me reprocher une augmentation dont vous n'avez pas subi les effets puisque ça fait deux mois que vous ne payez pas ?

– Je ne paie pas, moi ? C'est trop fort, dit Mlle Kristofine. Tu l'entends, Azra ?

La chienne hurle, provoquant immédiatement les hurlements du chien de Théodore Rouxi.

– Moi qui me saigne aux quatre veines pour payer mon loyer bien trop élevé, continue Mlle Kristofine. Attaque, Azra, attaque.

Et elle lance la chienne contre M. Requin. Azra ne l'atteint pas car Bourlinga, ainsi qu'on apprend à cette occasion que se nomme le chien de Théodore Rouxi, se jette sur elle avec la volonté manifeste de la dévorer, entièrement ou en se contentant des parties sexuelles qui sont sa première cible.

Le SDF ne retient pas son chien car lui-même, à l'indignation générale, utilise ses deux mains pour uriner contre le mur du studio de Wallance.

– Mais tiens tes invités, mon garçon, dit Mme Wallance.

– Vous avez pissé partout, rien d'étonnant qu'on vienne pisser chez vous, dit Mme Gudulo.

Ça suinte l'urine, cette enquête. Une autre a déjà mené le commissaire dans des milieux urophiles, mais les répugnants personnages semblaient y trouver plus de satisfaction que ce n'est son cas aujourd'hui[1].

– Oh, dit d'un air exaspéré Thierry, l'amant en cours de la concierge. On s'est réunis pour discuter ou pour que ça tourne partouze ? Ne comptez pas sur moi pour violer la gamine, elle est trop moche. Même un pédophile n'en voudrait pas à moins d'être un malade.

---

1. Voir *Chair aux enchères*.

– Mais ne les laisse pas te traiter comme ça, Liberty chéri, dit Kevin Rocamadour qui ne perçoit pourtant pas toutes les flèches qui blessent Wallance. Montre-leur un peu de quoi tu es capable.

Le commissaire estime en effet – c'est noir sur blanc dans un carnet – que son seuil de tolérance est définitivement dépassé face à cette immigration excessive. Le moment est venu de reprendre la maîtrise de la situation par un coup d'éclat, à savoir l'arrestation du meurtrier de M. Cartopic.

Il se dirige vers Mme Gudulo, parce que, mon dieu, c'était sa première idée et c'est le plus simple, mais, avec tous ces gens, il est bousculé par M. Nimerde et trébuche, se raccrochant tant bien que mal à la chemise d'Elsa, sa voisine de palier, dont le vêtement se retrouve irrémédiablement taché par le sang de la victime que Wallance conservait au bout du doigt en vue d'un plus judicieux emploi. Ça ne tombe pas bien car c'est l'évidence même, un apprenti assassin le comprendrait en une seconde, qu'il faut que la tache de sang et le portefeuille accusent le même individu, sinon c'est la porte ouverte à tous les compromis. S'il y a deux suspects, chacun rejettera le meurtre sur l'autre et, si ça se trouve, on ne pourra coffrer personne, ce ne serait pas la première fois. À moins de les supposer complices, pourquoi pas ? Le commissaire ne veut pas d'aide pour ses assassinats à soi, pour l'acte proprement dit, mais si ça peut faciliter une résolution en envoyant le double de gens en prison, il se fera violence. Toutefois, mieux vaut ne pas tenter le diable avec tous ces témoins.

Il ne peut pas feindre de remarquer le sang sur la chemise d'Elsa avant d'avoir placé le portefeuille de M. Cartopic dans les affaires de la jeune fille. Au départ, il s'imaginait que ce serait très simple, qu'il n'aurait qu'à le déposer dans la poche extérieure d'une veste ou d'un manteau s'il se décidait pour un homme et dans son sac à main s'il préférait une femme. Mais Elsa est sortie de son appartement juste pour traverser le palier, elle n'a ni manteau ni sac, elle est en jean et chemise, c'est plus compliqué. D'autant que le jean est hypermoulant, il craint d'être accusé d'obscénité s'il tente le moindre mouvement en sa direction.

C'est pourtant ce qu'il choisit. À peine remis d'aplomb, il fait semblant de trébucher à nouveau, non sans avoir préalablement sorti le portefeuille de M. Cartopic de sa poche intérieure, et il en profite pour glisser, enfourner serait plus juste, l'objet dans la poche arrière droite de la jeune fille.

– Alors, on met sa main au cul des filles pour ne pas avoir l'air homosexuel ? dit Mme Wallance. Ça ne trompe personne, mon garçon. Assume-toi. Pense plutôt qu'on peut être homosexuel et quelqu'un de très bien quand même, regarde Proust, regarde Kevin.

– Non mais, dit à Wallance Ben jaloux, un étudiant qui se croit menaçant.

– J'ai juste voulu me rattraper pour ne pas tomber, dit Wallance. En plus, ça m'aurait été plus facile de lui voler son portefeuille que de lui toucher les fesses, vu le rembourrage.

– Mon portefeuille ? dit bêtement Elsa.

Elle tâte sa poche arrière et en retire l'objet, comme il était indispensable qu'elle fasse, y imprimant ses empreintes.

Wallance le lui prend des mains.

– Mais c'est le portefeuille de M. Cartopic, dit-il trop vite. Il y a ses cartes de crédit, ajoute-t-il en en saisissant une, ayant prononcé la phrase précédente sans avoir aucune pièce d'identité sous les yeux.

– C'est bien lui, je le reconnaîtrais entre mille, dit Mme Vicorette, faisant allusion à cette manie qu'avait le vieux de le lui montrer bourré de billets.

– Et il y a plein d'argent dedans. Le vol était bien le mobile du crime, dit Wallance.

– Bravo, dit Nathalie Malicorne.

– Décidément, votre fils, ce n'est pas n'importe qui, dit Gou à Mme Wallance.

– Mmoui, dit la vieille, concédant à contrecœur.

– Mais pas du tout, dit Elsa.

– Et qu'est-ce que c'est que cette tache sur votre chemise ? dit Fagis. Ça m'a bien l'air d'être du sang.

– Celui de M. Cartopic, je parie, dit Wallance. Bravo, Fagis, vous arriverez à quelque chose si vous continuez comme ça.

– Merci, commissaire Liberty, dit Fagis rougissant.

– Trop fort, Damien, dit Nathalie Malicorne. Je t'embrasse, tiens.

Et elle l'embrasse, sur les joues mais devant tout le monde.

– Mais Elsa a un alibi, dit Ben. Je suis resté avec elle tout le temps.

« Les alibis, une vraie plaie », comme note Wallance dans un des carnets. On ne va pas lui voler Elsa après Théodore Rouxi. C'est pour lutter contre cette floraison inaccoutumée d'innocents à alibi qu'il aurait voulu poser quelques questions avant de se décider sur le coupable, être sûr d'avoir à faire à quelqu'un ne pouvant pas se défendre efficacement. Si seulement M. Nimerde ne l'avait pas poussé vers Elsa qui d'un autre côté doit maintenant regretter sa plaisanterie de tout à l'heure sur les prétendues maigres capacités sexuelles du commissaire.

– Vous ne vous êtes jamais éloignés d'un centimètre ? demande Wallance. Je croyais que vos parents vous payaient un trois-pièces, ajoute-t-il non sans rancœur.

– Oui, on était chacun de notre côté mais on se parlait et on venait de temps en temps s'échanger un petit bisou, vous voyez le genre ? dit Ben.

– Il suffit d'un rien de temps pour appeler l'ascenseur et assassiner son pauvre occupant innocent qui ne demandait qu'à rentrer chez lui et pouvait espérer qu'on lui vole son portefeuille mais qu'on lui laisse la vie, dit Wallance en essayant de prendre un ton ému qui n'est pas trop dans sa manière. Mais, bien sûr, vous ne pouviez pas le laisser vivant, espèce d'assassine. Il vous a reconnue immédiatement.

– Si cette tache sur votre chemise est bien le sang de M. Cartopic, je ne vois pas comment vous pourrez vous en tirer, mademoiselle, dit Aramandes, appuyant sur le dernier mot pour montrer que, au contraire de la police, il respecte les procédures de politesse et présomption d'innocence.

– Ouste, garde à vue, dit Fagis.

– Un assassin dans l'immeuble, qui l'aurait cru ? dit Mme Nimerde.

– Et peut-être deux, dit Wallance encore hésitant pour la petite Rosa.

– Ça ne m'étonne pas du tout. Cet immeuble est déjà bourré d'escrocs, dit Mme Germinal.

– Et de maniaques pisseurs, dit Mme Gudulo.

– C'est statistique, dit M. Blast. Forcément, puisqu'il y a des assassins, il y a des immeubles où ils habitent.

– Sauf qu'il y a les SDF, dit M. Requin.

– Toi, connard, tu ferais mieux de ne pas venir m'enculer de trop près, dit Théodore Rouxi.

– Excusez-moi, je parlais théoriquement, dit M. Requin. Rien contre vous.

– Lâche. Avare. Usurier, dit Mlle Kristofine à son propriétaire.

Il semble que Bourlinga ait en définitive joui – ça devait être ça, ce bruit supplémentaire, qui couvrit par instants le son de la deuxième partie du *Jour le plus long* que Kevin Rocamadour a programmée en DVD – car il laisse tranquille Azra qui revient se blottir contre sa maîtresse.

– Vous pensez que vous allez conserver l'appartement à vous tout seul ? dit Mme Vicorette à Ben. Ou je préviens M. et Mme de Buzembaille qu'il sera libre au prochain terme et qu'ils cherchent un nouveau locataire ?

– Et toi, il faut aussi attendre le prochain terme pour que tu redeviennes libre ? dit hors de lui à la concierge Thierry, l'amant interrompu.

Dans des draps de beautés diverses

– Et si on buvait un petit quelque chose pour fêter ça ? dit Gou qui se sent bien chez Wallance, il est assis, lui, et se verrait volontiers traîner jusqu'à dix-sept heures trente pour aller ensuite directement à son rendez-vous avec une amie chère.

– Excellente idée, dit Aramandes, toujours à l'affût de prétexte pour ne pas retourner travailler.

– Qu'est-ce que vous avez de bon à nous offrir, Liberty ? dit Gou.

– Il n'y a pas grand-chose, dit Mme Vicorette en ouvrant les placards au-dessus de l'évier, dans le coin cuisine. Il reste du whisky. On voit que monsieur n'est pas habitué à recevoir.

– Va pour du whisky, dit Aramandes.

– Je vais vous aider, dit Mme Gudulo à la concierge en s'occupant de chercher les verres. Elle fait ça trop vite. Le premier, elle le laisse tomber et elle le casse.

– Pas solides, ces verres, dit-elle.

– Ça, mon garçon, tu t'es encore fait rouler, dit Mme Wallance. Tu devrais donner l'argent à Kevin pour qu'il achète tout chez toi, aussi le mobilier, ce serait plus joli et confortable.

– Oui, s'il te plaît, Liberty chéri, dit Kevin Rocamadour.

– Le mobilier est très confortable, dit Martine qui a dormi et plus en diverses occasions dans le lit et ne souhaite pas passer à ses propres yeux pour une vulgaire qui se contente de peu.

– Exactement, dit le fidèle Lavraut, toujours prêt à secourir le commissaire et pensant que c'est pour lui faire plaisir à lui que son épouse vole au secours de son supérieur.

– Le whisky est très correct, en tout cas, dit Gou.

– Ça manque de glaçons, dit Aramandes.

– Il y a un problème avec le congélateur, dit Wallance.

– Mais ça ne va pas du tout, votre frigo. Il faut réemballer les fromages avant de les ranger. Ça explique l'odeur de l'appartement, dit Mme Gudulo. Du moins en partie, ajoute-t-elle comme une teigne.

– Et moi, je pue de la gueule ? Je n'ai pas droit au whisky ? dit Thierry.

– Si c'est vous aussi pour pisser par terre, j'aime autant que vous ne buviez pas, dit le commissaire.

– Tu sais bien, Thierry, il vaut mieux que tu ne boives pas trop, dit Mme Vicorette.

– Comment ça, tu m'accuses d'être un ivrogne ? dit-il. Ce n'est pas une pute qui va me faire la morale.

– Tenez, dit Mme Gudulo en le servant personnellement dans un des plus beaux verres de Wallance dont il ne lui reste plus que quatre, exprès pour agacer la concierge.

– Ah, vous vous appelez Thierry ? dit le commissaire. Donnez-moi ce verre, dit-il à Mme Gudulo.

Je vais le faire passer à votre ami, précise-t-il pour Mme Vicorette.

Wallance a toujours sur lui une pièce à conviction fameuse, la gourmette marquée T qui accusa Théodore Rouxi et qu'il a découverte lui-même. Et, puisque le SDF est trop compliqué à faire condamner, l'amant de Mme Vicorette paiera pour lui. Il prend le bijou doré dans le creux de la main et le laisse délicatement glisser dans le liquide de presque même couleur pendant qu'il a le verre en main. Thierry ne dit même pas merci en s'en saisissant. Comme il ne sait pas qu'il n'a en effet pas de raison, bien au contraire, c'est d'une impolitesse rare. Le geste de Wallance se révèle donc rétrospectivement un nouvel acte de pré-vengeance.

– Ce n'est pas mon ami, dit la concierge. C'est un simple coup, et pas des meilleurs.

Le simple coup en question s'étouffe. Tout le monde croit que c'est d'entendre la réflexion de Mme Vicorette, mais pas du tout. Il recrache sa gorgée en laissant retomber le verre qui se casse. Il n'en reste plus que trois à Wallance. Mais la gourmette apparaît aux yeux de tous.

– Mais ça ressemble comme deux gouttes d'eau au bijou qu'on a trouvé à côté du cadavre supplicié de la malheureuse petite Rosa, dit le commissaire encore entraîné par son ton émotif qui n'est pas son meilleur en le prenant dans les mains de Thierry qui l'a ramassé de stupeur.

C'est un plus mais, s'il n'y avait pas eu ses empreintes, on aurait facilement pu prétendre qu'il les avait essuyées.

– Monsieur Thierry va nous expliquer comment cette gourmette est arrivée en sa possession, dit Gou.

– Quoi ? dit Thierry.

– C'est votre gourmette, non ? dit Wallance. D'ailleurs, il y a un T comme Thierry.

– Jamais vu, dit Thierry.

– Mais si, c'est la gourmette que tu me disais avoir perdue à la foire du Trône, dit Mme Vicorette qui n'a pas bien compris mais veut se venger d'un amant inefficace qui l'a accusé de pratiquer un métier encore plus vieux que concierge.

– Alors ? dit Wallance. Vous avez un alibi pour l'après-midi du lundi 5 mars 2007 ?

– Sûrement, dit Thierry. Je devais travailler.

– Il est au chômage, dit Mme Vicorette. Il ne fiche rien.

– Lundi 5 mars après-midi, je niquais cette pouffiasse, dit Thierry.

On comprend son énervement, il n'en est pas moins maladroit.

– Pas du tout, dit la concierge. Je démens formellement. Le lundi après-midi, la charcuterie est fermée. Je m'amusais avec M. Zonz, le successeur de ce pauvre M. Couroupat[1].

Wallance se souvient qu'il a été à deux doigts de tuer la concierge. Comme il a bien fait de surseoir puisque maintenant, de manière inespérée, Mme Vicorette se révèle sa meilleure alliée. À la fois, il préfère ne pas trop approfondir ce retournement du destin, de crainte que ça le freine pour des assassinats futurs.

– Vous êtes dans de beaux draps, monsieur, et, cette fois-ci, personne ne va vous interrompre avant la fin de la séance, monsieur, dit Aramandes avec ce sourire des pince-sans-rire qui tiennent

1. Voir *Accouchement charcutier*.

quand même à faire savoir qu'ils viennent de se fendre d'une plaisanterie.

– Très drôle, dit Mme Vicorette.

– Quand même, vous pourriez mieux choisir vos amants, dit Mlle Kristofine. L'assassin de la pauvre petite Rosa.

– Puisque je vous dis que ce n'est pas mon amant, un incapable, dit la concierge. Et est-ce que tu les choisis, toi, tes amants ? N'importe lequel ferait ton affaire mais tu préfères ta pisseuse de chienne, ajoute-t-elle contradictoirement.

– Vous êtes zoophilo-lesbienne, chère madame ? demande le juge, qui se passionne pour les perversions sexuelles, afin de mettre en confiance son interlocutrice.

– Mademoiselle, dit Mlle Kristofine.

– Ça va bientôt finir, cette plaisanterie ? dit Thierry à qui Fagis vient de passer les menottes.

– Ah ? On n'a pas le sens de l'humour, dit Wallance, trop content de pouvoir se venger avec ce reproche qu'on lui fait souvent.

– Mais lâchez-moi, insiste Thierry en criant. Je

n'ai jamais tué la petite Rosa. Jamais. J'aime trop les enfants.

– Ah ? Vous aimez les enfants, dit le juge. Vous pouvez nous préciser à quel point, cher monsieur ?

– Ta gueule, dit Théodore Rouxi au menotté en profitant de la situation pour lui flanquer une claque.

La veille, c'est encore lui qui la recevait. Il est légitime qu'il saisisse l'occasion, la roue peut retourner vite.

– Ce n'est pas à vous de baffer les suspects, dit Fagis en baffant le SDF et en sortant dans le même mouvement son revolver de sa poche de sorte que Théodore Rouxi cesse dans l'instant d'être le terrorisant pour redevenir le terrorisé.

– Et si on le poursuivait pour épanchement d'urine sur la voie publique ? dit Wallance qui avait peur de lui mais que le nouveau rapport de forces rend plus imaginatif.

Il ne faudrait pas non plus que Théodore Rouxi vienne pisser dans son salon (qui est aussi, en toute justice, sa chambre et sa cuisine) et s'en aille sans autre forme de procès.

– À moins que vous n'acceptiez la libre circulation de tous dans votre studio, il est difficile à votre appartement privé de prétendre au grade de voie publique, monsieur le commissaire, dit le juge avec une ironie satisfaite.

– Connard, dit Wallance.

– Pardon ? Monsieur le commissaire, dit Aramandes.

– Je parlais à ce connard, dit Wallance en giflant Théodore Rouxi.

À cet instant précis, on ne sait pourquoi, Azra mord la cheville du commissaire, alors même que le chien de Théodore Rouxi, qui aurait dû avoir plus de raisons de lui en vouloir, reste sage comme une image, manifestement plus repu que sa partenaire après la fiesta de tout à l'heure.

– Tiens pour toi, connasse, dit Wallance en envoyant un énorme coup de pied à la chienne.

Azra hurle, il hurle aussi car ça lui a reblessé son pied, il aurait dû frapper avec l'autre, Mlle Kristofine hurle de son côté comme si on lui avait tué sa chienne, Kevin Rocamadour comme si on lui avait tué son mari, et Mme Wallance de honte de voir son fils auquel elle a sacrifié les plus belles années de sa vie se conduire publiquement comme un charretier. Thierry hurle aussi car, s'il y a compétition de victimes, il estime avoir son rang à tenir.

– C'est bien la peine d'avoir grandi avec un chien pour traiter aussi mal une chienne, dit Mlle Kristofine en crachant sur le commissaire.

– Gardez votre sang-froid et votre salive sèche, chère madame, dit Gou pour montrer qu'il s'interpose mais s'emmêlant un peu à force de ne pas prendre de risques excessifs.

– Qui a grandi avec un chien ? dit Mme Wallance. C'est toi qui vas raconter aux gens que je suis une chienne, mon garçon ?

Et elle gifle le commissaire. Il y a mille motifs, dont ceux de caractère purement éthique ne sont pas les moindres, pour expliquer que Wallance n'ait pas assassiné sa mère. Mais il y a une vraie raison les surpassant toutes à cet incompréhensible immobilisme : il a le sentiment qu'il serait soupçonné immédiatement.

– Il m'a dit qu'il adorait les animaux, dit Mlle Kristofine à Mme Wallance.

– Il les détestait et ils le lui rendent bien, à ce que je vois encore aujourd'hui, dit la vieille.

– Oh, dit Mlle Kristofine scandalisée, comme si elle découvrait une nouvelle ampleur à la bassesse humaine.

– Puisque je vous dis que Liberty aime les chiens, dit Kevin Rocamadour. J'ai de mes yeux vu chez lui le film *Un amour de chien*, même si moi je n'ai pas pu rester jusqu'au bout, les animaux ce n'est pas ce que je préfère.

– À propos de femmes, dit Gou, il est bientôt cinq heures et demie, il n'est si bonne compagnie qui ne se quitte. Surtout quand on va en retrouver une encore meilleure, ajoute-t-il en riant. Je veux dire : il n'y a pas que le travail dans la vie.

« Il a fini son thé et son whisky, il s'en va. » Voilà comment Wallance résume dans un carnet l'après-midi du divisionnaire.

Théodore Rouxi a déjà déguerpi de crainte de devoir payer une contravention après l'affaire de l'épanchement d'urine, Ben est rentré chez lui téléphoner à ses parents pour aviser de la situation d'Elsa, laquelle, comme Thierry, est maintenant emmenée par Fagis, Lavraut et Nathalie Malicorne. Aramandes suit naturellement Gou de sorte que le commissaire se demande même s'il s'agit d'une partie à trois. Mlle Kristofine sort pour montrer sa réprobation et Wallance fiche dehors Mmes Germinal et Gudulo, celle-ci encore miraculeusement vivante et en liberté, ainsi que le couple Nimerde. Le docteur Murat est parti sur un autre meurtre, une affaire semble-t-il curieuse d'un adolescent lardé de coups de poignard et pendu par les pieds avec un boulet de cinq kilos autour du cou, il lui faudra faire ses preuves pour déterminer la cause de la mort. En cinq minutes, il n'y a plus que Martine, Anne, Mme Wallance et Kevin Rocamadour dans le studio. C'est encore beaucoup.

Anne pleure, naturellement, c'est ce pourquoi elle est le plus douée.

– Vous êtes sûre qu'elle est normale, cette enfant ? dit Mme Wallance à Martine.

– Elle aussi saine que moi, dit le commissaire.

– Je me le demande parfois, dit Martine, répondant aux deux.

Kevin Rocamadour tousse.

– Allons-nous-en, ma petite, dit Mme Wallance. Je crois que le moment est venu de les laisser seuls, ajoute-t-elle en désignant du regard le commissaire et Kevin Rocamadour.

– Mais pas du tout, dit Martine, inquiète de laisser son amant entre les cuisses d'un rival.

– Allez, on fait ce que je dis, ma petite, dit Mme Wallance. Vous n'allez pas m'apprendre comment on s'occupe du commissaire.

Et Wallance se retrouve seul avec Kevin Rocamadour.

– C'était bien, ton assemblée générale d'hier, Liberty chéri ? dit le jeune homme. Ils sont baisables, tes copropriétaires ?

– Eh bien, pas tant que ça, dit le commissaire qui donne à l'adjectif un autre sens que le jeune homme. À part M. Cartopic.

Kevin Rocamadour a toujours en tête le magma immonde qu'est devenue la tête du vieux. Il s'en va dégoûté, laissant seul Wallance qui n'aspire qu'à ça depuis des heures.

Table

Photo de couverture : Antonin Louchard
Conception graphique : Véronique Puvilland

Achevé d'imprimer sur Roto-Page en avril 2007
par l'Imprimerie Floch à Mayenne
N° d'éditeur : 1989
N° d'édition : 150949
N° d'imprimeur : 68242
Dépôt légal : mai 2007

Imprimé en France